Jin Aino
相野 仁
illustration
マニャ子
JN031088
Next Life
クスト
ライフ
17
「空からアウラニースが降ってくるんですか？」

『ライフパーセプション』
バーラが唱えると
魔法は一瞬だけ発動した。

そっとアネットが
自分の手を置く。
「一人で
抱え込まないで」

「恐れ入ります、アステリア陛下」

エルムは筒形の
アイテムを取り出して
空にかざす。

「おう！ファイア」
アウラニトスはいきなり魔法を撃ち、燃え盛る白い火の弾が七つ、マリウスに向かって殺到する。

「アクア」
マリウスは水の弾雨で迎え撃ち、全てを相殺した。

Thank You Next Life

普通の高校生・山《やま》田《だ》隆《りゅう》司《じ》が雪山で
遭難したところから始まったこの物語もついに最終巻。

大好きなオンラインゲームに酷似した剣と魔法の異世界で、
最強の魔法使い・マリウスとして第2の人生《ネクストライフ》を過ごす。

「マリウス様は稀代の英雄であり、偉大なる魔王殺しにして、
人の世の希望の星たるお方だと思います」

その魔力で数々の危機を救い、英雄に上り詰めたマリウス。

また、運命の女性、二人と出会った。

「嫁を二人も娶《めと》ったんだ」

魔法使いの片腕としても、私生活のパートナーとしても
マリウスのネクストライフを最上のものにしてくれた。

「幸せでいっぱいだけどな」

二人の妻に言葉を向ける。

「私も幸せだよ?」

アネットが笑顔で応じる。

「わ、私も」

アステリアが続いた。

「ありがとう」

マリウスは二人に笑みを返す。

……最高のネクストライフを送った
一人の少年の物語にあと少しお付き合いください。

ネクストライフ 17

相野仁

ヒーロー文庫

ネクストライフ
17

Next Life 17 Contents

illustration : マニャ子

イラスト／マニャ子
装丁・本文デザイン／5GAS DESIGN STUDIO
校正／相川かおり（東京出版サービスセンター）
ＤＴＰ／松田修尚（主婦の友社）

この物語は、小説投稿サイト「小説家になろう」で
発表された同名作品に、書籍化にあたって
大幅に加筆修正を加えたフィクションです。
実在の人物・団体等とは関係ありません。

第九十三章 バーラとアウラニース

マリウス達はバーラ、エレンと一緒にホルディアの王城へと戻ってきた。

行き先が行き先なので、転移魔法で移動時間を短縮したのは言うまでもない。

「へえ、これがホルディアの王城なのですね」

兵士達に敬礼されながら門をくぐったところで、バーラとエレンが目を輝かせる。

「ランレオにはまだまだかなわない気がするな」

「いえ、新しい活気というものを感じます」

バーラは笑顔で応じた。

「この後の予定ですが、アステリア様との面会が入っています」

ミレーユがそう告げる。マリウス達が帰還したという報告はしなければならないし、バーラにエレンという、新しい存在も紹介しなければならない。

彼らが歩き出したところで空から一つの影が降ってきて、マリウスの目と鼻の先に着地する。反射的にマリウス以外は身構えたが、影の正体がアウラニースと知って、エレンとバーラ以外は構えを解く。

「何だ、アウラニースか」

「おう、お帰り。出迎えに来たぞ！」

単に待ちきれなかっただけだろうなとホルディア人達は思ったものの、マリウスを除いて彼女にそんな事を言える者は存在しない。突然の大きな音に驚いた通行人達も「何だアウラニース様か」と言って、日常に戻っていく。

「ホルディアでは空からアウラニースが降ってくるんですか？」

エレンは絶句してしまったが、バーラは目を輝かせている。

「そりゃたまにな」

アウラニースは返事をしてから彼女を見つめ、それからマリウスに訊いた。

「誰だ、この女？」

「俺の弟子になったバーラ王女だ」

マリウスが答えると、もう一度アウラニースは視線を彼女にやる。

「へえ、人間にしてはそこそこ強そうじゃないか」

肉食獣が舌なめずりをする時の表情があるとすれば、今彼女がしたものだ。

「はい、そこそこです！」

バーラは物怖じせず元気よく答える。

「はっはっはっ」

アウラニースが快活に笑い、そして彼女に提案する。

「どうだ、オレと一戦やってみないか？」

「え、いいんですか？」

バーラは怯《ひる》むどころか目を輝かせて身を乗り出す。普通の神経の持ち主ではないとマリウスはうすうす感じていたものの、ここにきて彼女の特異さを思い知らされる。

だが、彼は立場的にも心情的にも止める必要があった。

「まあ待て。アステリアに会うのが先だ。アウラニース、暇なら俺達を案内してくれ」

「人間は面倒くさいなあ」

アウラニースは小さく舌打ちしたものの拒否はしない。

「こっちだ、ついてこい」

彼女が背を向けると、エレンが「すごい」とつぶやく。

「あのアウラニースが言う事を聞いてる」

「マリウス様以外の言う事は、ほぼ聞きませんよ」

ミレーユが少し苦い顔で言った。

「それは何となく分かります。言う事を聞かせられるだけでもすごいと思うんです。あのアウラニースなんですよ？」

エレンが力強く言う。

「そ、そう言われると……」

ミレーユがちょっと怯《ひる》んだ。

「私達の感覚がすっかりマヒしていたのかもしれないね」

アネットもハッとした顔で言う。何だかんだでアウラニースとそれなりの時間を過ごしている面子《めんつ》は、いつの間にか彼女の存在と言動に慣れてしまっていたのだ。

「何だ？」

アウラニース自身は特に気にした様子はない。

「いや、よく考えてみると、お前が溶け込んでるのはすごいよな」

マリウスも今更だと思いながら彼女にそう言う。

「何だ、そんな話か」

アウラニースは大した事ではないと笑い飛ばす。

「人間はくだらん事を考える時があるよな」

彼女にとっては鼻で笑える話に過ぎなかったようだ。

「たまにだけどアウラニース、長年生きてるだけの事はあるような事を言うよな」

とマリウスは彼女を評価する。

「たまに、だと？」

アウラニースは不本意そうに足を止めた。

「いいから」

マリウスがぽんと背中を押すと、しぶしぶ歩き始める。

アウラニースが案内したのは城にあるアステリアの私室で、中にいた侍女が人数分のお茶を用意しているところだった。

「おう、連れてきたぞ！」

アウラニースが報告すると、アステリアは書類から顔を上げて立ち上がる。

「ありがとう。そしてお疲れ様」

彼女はまずアウラニースに礼を言い、次にマリウス達をねぎらい、最後にバーラとエレンに視線を向ける。

「遠いところへようこそ。マリウスの弟子なら私の家族も同然。歓迎します」

「恐れ入ります、アステリア陛下」

バーラはかしこまって受け応えをした。

既に判明しているが、彼女はやればできる子なのである。

一方、彼女の従者として選ばれたエレンは、緊張した面持ちで一礼するにとどまった。

マリウスからすれば奇妙な慣習なのだが、今回のような場合、アステリアはエレンに声をかけたりしない方が一般的なのだ。

「ひとまずお茶にしましょう。土産話を聞かせてほしいわ」

アステリアが言うと真っ先にイザベラが口を開く。

「私達がいなくて寂しかったですか？」

珍しく敬語だった。

「イザベラがいなくて静かで過ごしやすかったわね」

アステリアが悪戯《いたずら》っぽい笑みを浮かべて切り返すと、彼女はたちまちむくれる。

「ひどい！」

アステリアはそれに対して声を立てずに笑っただけだった。

「俺達はその分苦労したな」

マリウスが実感のこもってそうな声を出す。

「マリウス様⁉」

イザベラが勢いよく振り向いて抗議する。最初に噴き出したのはミレーユで、次にアステリアだった。そこから一同に笑いが広がっていく。

「むうっ」

イザベラは一人納得できないとむくれる。

「まあまあ」

マリウスが笑いながら肩を叩くと、彼女はじとっと彼を見た。

「マリウス様は結局アステリア様の味方ですよね？」

「もちろん」

マリウスは笑みを維持したままきっぱりと断言する。

「い、言い切った」

アネットがニコリとし、アステリアが少しだけ赤くなった。

「か、カッコいい？」

エレンが胸をときめかせ、慌《あわ》てて表情を消す。

「マリウスは軟弱そうに見えて男気はある方だよな」

アウラニースが腕組みをしながら意見を言う。

「それ、ほめているのか？」

マリウスは疑問を持つ。

「もちろんだぞ？」

アウラニースは小首をかしげて言い返す。

「そろそろ皆座ったら？」

アステリアは手を叩いて視線を集め、立ち話を続けている面子《めんつ》に声をかける。

「おっとそうだった」

マリウスが彼女の隣に座り、その横にアネットが座った。

アステリアに目で促され、バーラが彼女の正面に腰を下ろす。

エレンは所在なさげに立っているところをミレーユに肩を叩かれ、バーラの隣に落ち着く。今までいた侍女が一礼して部屋を出て、代わりにミレーユとイザベラが侍女として動き出す。

「やれやれ、戻ってきてすぐお仕事か」

ぼやいたイザベラをミレーユがじろりと見る。

「今までもずっとお仕事だったはずだけど？」

「おっと」

イザベラは焦《あせ》って口を押さえる、その真似をした。

マリウス達は一斉に笑う。エレンとバーラもつられて笑った。

「イザベラとミレーユがやってくれるなら、内密な話もできるからな」

マリウスが擁護するように言う。

侍女達を信頼していないわけではないが、それでも言いにくい内容はあるものだ。

「国家機密のような話は聞かせられないものね。今回がそうなるかは分からないけれど」

アステリアがそう応じる。

基本的に国としての意思決定をする際、知られてもよい相手は限られているのだった。

「土産話って何から話せばいいんだ？」

マリウスは話のとっかかりとして彼女に問いかける。

「そうね。じゃああなたのお弟子さんの事から聞きたいわ」

アステリアは視線をバーラに向けた。

「両国の友好の証として来たのだろうけど、正直マリウスが教えるだけなのは困るのよね」

彼女は立場上、利害関係をはっきりさせなければならない。

「損な役回りだな」

マリウスが言うと彼女は肩を竦《すく》める。

「慣れてしまったわ」

「君だけに荷物を背負わせたりはしないさ」

マリウスは優しく声をかけた。

「ありがとう」

二人は微笑《ほほえ》み、イザベラの咳払《せきばら》いで話をバーラに戻す。

「ランレオの事をお話しすればいいのですね。何からお話しすればいいかしら？」

バーラは話に乗り気だったが、対価になりそうな情報を思いつけず首をひねる。

「文化の事でいいわよ」

アステリアは言った。

「文化ですか？　北と南で結構違うのですよね。南だと香辛料を用いた料理が多く、北だと煮物が多いと聞いています」

バーラは唇に指を当てて思い出しながら答える。

「なるほど」

アステリアは相槌《あいづち》を打つ。

「ランレオは確か根菜の産地だったわね」

「ええ。ホルディアの産物とは違う楽しみがあると思います」

バーラはにっこりと答える。まずは始めやすい話題が糸口となった。

「ランレオは情緒があるいい土地だったよね」

アネットが楽しい思い出のように語る。

「俺はそのへん朴念仁で分からないな。いい場所だったとは思うけど」

マリウスは少し気まずそうに言う。

「私もよく分からないのでお揃《そろ》いですね」

バーラが嬉しそうに彼に話しかける。

「魔法の事ならいくらでも話せるのですけど」

彼女は若干照れくさそうな顔になった。

最初話しにくそうにしていたのは、話してはいけない情報を避けようとしていたからではなく、そもそも話のタネを持っていないからなのか。

マリウス、アステリア、アネットの三人がそう思った。

「むしろエレンの方が適任かもしれません」

バーラはふと思いついて言う。

「え、私ですか⁉」

いきなり振られたエレンは慌《あわ》てる。

ただでさえ一国の王とアウラニースが近くにいて緊張しているのに、さらに会話もするというのは彼女にとって難しい。あくまで平凡な平民に過ぎないのに、と彼女は思うのだ。

「確かにエレンの説明は分かりやすかったと思う」

マリウスがバーラの案に賛成する。

「え、ええと、微力を尽くします」

エレンは身を縮めながらも嫌とは言わなかった。彼女の立場では言えなかったのだ。

「では何からお話ししましょうか?」

エレンは淹れてもらったお茶を飲み、それからアステリアに問いかける。

「話しやすい事からでいいんじゃないか?」

マリウスが助け船を出す。

「それでいいわよ」

アステリアが快諾したのでエレンは考え始める。

「話しやすい事、ですか。では学校の話とかいかがでしょう? マリウス様達がどう過ごしていたとか」

「それは興味あるわね」

アステリアは目を輝かせて食いついた。

「え、あれかよ」

マリウスが意外そうに言った。

「あの頃、バーラ様と私達の接点は少なかったよね」

アネットが懐かしそうに振り返る。

「今思えば当時の私、馬鹿でしたよね」

バーラが悔しそうにうなった。

淑女、しかも一国の王女がしてはいけない種類の表情である。

「そんなに残念だったの？」

アステリアが興味深そうに訊く。

彼女はまだバーラの人となりを把握していないのだ。

「もちろんですとも！　学園に通っていた頃なら、朝まで魔法についてマリウス様と語り合う事だってできたのに！」

熱量を込めて力強くバーラは力説する。

「いや、女の子と一晩中会話はまずいからやらないよ」

マリウスは一応真面目な表情で否定した。立場を隠していたので彼女の要望を断るのは難しかっただろうが、唯々諾々《いいだくだく》と応じる事もなかっただろう。

「えっ」

バーラはなぜか衝撃を受けたように目を丸くする。

「一国の王女が外国人男性と同じ部屋で一晩過ごすのは、どう考えても問題だろう」

マリウスは言わざるをえないという義務感から指摘する。

「あう」

バーラはようやく気づいたらしく、間が抜けた声を出した。

「なるほど。少し分かってきた気がするわ」

アステリアは観察しながら言う。

「私は分かりやすいと家族にはよく言われていましたが、そんなにでしょうか？」

バーラは不思議そうに首をひねる。

「割と」

アステリアは遠慮なく笑顔で答えた。

「そ、そうなんですか」

バーラは目をちょっと見開き、少し肩を落とす。

気にしてしまったらしいと見て取ったマリウスが慰める。

「まあまあ。そこが君のいいところでもあるから」

「あ、ありがとうございます」

バーラはほっとしたように彼に微笑《ほほえ》む。

「バーラ様は魔法がお好きなのね？」

アステリアが問いかける。

「はい！　大好きです！　一生を捧げたいくらいに！」

バーラは笑顔で言い切った。

覚悟というよりは、趣味に生きている者の叫びだとマリウスには感じられる。

「それはマリウスと話が合いそうね」

アステリアは言ってからエレンに視線を戻す。

「話がそれてごめんなさいね。あなたのお話をもっと聞きたいわ」

「え、はい」

エレンは話がそれたままうやむやになってほしかったと思いつつ、次の話題を探す。

「ではマリウス様の戦闘の話を」

「それは別にいいかしら」

アステリアはそっけなかった。

「オレもいらないと思う」

黙って部屋の隅に立っていたアウラニースも口を挟《はさ》む。

「え、あれ？」

喜んでもらえると思っていたエレンはおろおろして、マリウスを見た。

「後で俺から聞くという意味だろうね」

アステリアの心を読むのは難しいのであまり自信はないが、単純なアウラニースに関しては自信があるマリウスだった。

「その通りだな。いや、待てよ？」

アウラニースは同意した直後に自分を制止する。

「たまには他人から聞くのも悪くない気がする」

彼女はそう言ってアステリアを見た。

「お前はどう思う？」

「そうね」

アステリアは初めて考え込む。

「大体は本人かアネットから聞いてきたから、確かに他の人の口から聞いてみるのも一興かもしれないわ」

まさかの風向きの変化にマリウスはエレンに声をかける。

「だそうだ」

「が、頑張ります」

拒否する権利なんてあるわけがないので、エレンは覚悟を決めた。

「ではまずデュール・ガロワの話からしましょう」

「デュール・ガロワ?」

アステリアとアウラニースの声が重なる。

「ええ。ランレオにいる、簡単に言うと亀の魔物なのですが、魔物と違って人間に害はないので、霊獣、聖獣という呼ばれ方があるのです」

エレンの説明に二人は興味を持った。

「それは知らなかったわ。アウラニースも知らなかったの?」

アステリアはアウラニースに訊く。大魔王と呼ばれるだけはあって長く生きている為、保有している知識量はかなり多いのだ。

「人間達の呼び方なんて、オレが知っているはずがないだろう」

アウラニースは尊大な態度で答える。

「それはそうね」

アステリアは彼女の態度に慣れているので苦笑で流す。

そしてエレンに視線をやって続きを促した。

「デュール・ガロワとの戦いですが」

エレンはその内容を語る。マリウスはそもそもまともに戦わなかったという事を。

「何ともまあ、マリウスらしいわね」

アステリアは笑い半分、呆《あき》れ半分という表情である。

「何だ、立派そうな呼び方の割に大した事ない奴なんだな」

アウラニースは落胆したように舌打ちをした。

「アウラニース、もしかして戦いたかったのか？」

マリウスの問いに彼女は当然だとうなずく。

「それがオレの生き甲斐《がい》だからな」

堂々とした物言いに誰もが納得してしまった。

「で？　強さとしてはどれくらいだ？　デカラビアくらいか？」

アウラニースに問われてマリウスは少し考えて答える。

「恐らくだけど魔人くらいだよ」

「それだと別に弱くはないわよね」

アステリアの言葉にミレーユとバーラ、エレンが同意した。

マリウスとアウラニースのせいで完全に感覚がおかしくなっているのだが、一般基準で考えれば魔人並みというのはとても強い。

「どこかに魔王は落ちていないのか！」

アウラニースは不満そうに言った。

「魔王が落ちていたら怖いよ」

マリウスがすかさず言い返す。

「ソフィアとアイリスなら、アウラニースを満足させられるんじゃないの?」

アステリアが訊けば、アウラニースはポンと手を叩く。

「それもそうだな! 久しぶりに一戦やろう」

アウラニースの誘いにアイリスとソフィアは仕方がなさそうな顔で応じ、三人揃《そろ》って部屋を出て行った。

「嵐が去ったような感覚ね」

アステリアが正直な意見をこぼす。

「すごい存在感ですよね、アウラニース」

バーラは目を輝かせながら彼女に話しかける。

「アウラニースに怯《おび》えない人は珍しいわね」

アステリアは信じられないものを見る目つきで、視線を返す。

「え、えへへ?」

バーラは決まりが悪そうな顔になる。

何かまずいと思うような事でもあったのかと、マリウスは訝《いぶか》しく思った。

「は、話を戻しましょう」

バーラはそう言ってエレンに催促する。

「他の話もお願い」

「はい」

エレンはうなずいて次の話題を考え始めた。

「では学校の話の続きを」

マリウスとアネットと過ごした日々が、彼女の口から明かされる。

「何とも二人らしいわね」

アステリアは微笑《ほほえ》んでお茶を飲む。

「だってマリウス様ですし」

イザベラがニヤニヤしながら言う。

マリウスは慣れているのですまし顔でお茶を飲む。

「他人の口から聞くと何だか不思議な気分ね」

アネットがそう感想を言った。

「俺もそれは思う」

マリウスも賛成する。

「二人からの話だと主観的だしね、私も新鮮な気持ちで聞けたわ」

アステリアは言った。

「俺達の話だけじゃなくて、アステリアの話も聞かせてくれよ」

マリウスが不意に言う。

「近況報告会になってくるわね」

アステリアは笑ったが、すぐに表情を引き締める。

「もっともこっちは報告できる事がないのよ。今のところ、どれも少しずつ進んでいるってところ」

「何もないのか」

波乱があるよりはよほどいいか、とマリウスは自分を納得させた。

「デカラビアや彼に従うモンスター達の呼称、『新民《しんみん》』に決まったわ」

とアステリアは言う。

「そうか」

いつまでも魔王やモンスターだと、ホルディア国民と本当の意味で打ち解けられないだろうから、別の呼び方を考えていたのだった。

モンスター達が新しい存在かはさておき、新しい仲間には違いない。

「あと、アウラニースはいつも通りアウラニースだったわ」

「アウラニースがアウラニースじゃなかったらびっくりだな」

アステリアの言葉にマリウスは答える。

心の底からの言葉にアネットは噴き出すが、バーラやエレンはわけが分からないという顔になった。

その事に気づいたのはアステリアで、二人に声をかける。

「そのうち分かるわ。この国で暮らすならね」

「はい」

ホルディアで暮らすという事は、アウラニースが近くにいる暮らしを味わうという事だ。

二人はまだ、その意味をよく理解していない。

「あれが日常ですか。すごいですよね。想像ですけど」

エレンが言った。

「大丈夫です、意外と慣れます」

ミレーユが真顔で答える。

「人間ってたくましいんだなと思いますよ」

イザベラがしみじみとつぶやいた。

そこで会話が途切れ、皆何となくお茶を口にする。

「もっとお話したいところだけど」

アステリアが残念そうに切り出す。

「私は仕事があるし、バーラ様達を部屋に案内したりしてもらいたいし、ここで一度お開きにしましょう」

本来なら旅の疲れも考慮されるところだろうが、転移魔法のおかげでそれはない。

「部屋の案内は俺達がするのか？」

マリウスの問いにアステリアは首を横に振る。

「侍女の一人にやらせるわよ。ミレーユとイザベラも今日は休暇にするわね」

アステリアの言葉にミレーユはうなずいて一礼したが、

「えー、今日だけですか？」

イザベラは不満そうな声を出す。

こういう時ははっきりと言うのが彼女の性格だ。

「半分バカンスだったでしょう？」

アステリアは知っているよと目で告げる。

「はーい」

イザベラはあっさりと撤退した。

気安い態度だが、ワガママというわけでもない。

バーラは二人の関係を興味深そうに眺めている。

「じゃあ俺達は戻ろうか、アネット」

「うん」

マリウスに声をかけられてアネットは立ち上がった。

「私とエレンはと」

バーラが言ったところでミレーユが扉を開けると、一人の若い侍女が入ってくる。

「失礼いたします。私が案内させていただきます」

「ふえ？」

バーラが綺麗な流れに驚きの声を漏《も》らす。

「アステリアの侍女はこういうところがあるんだよ」

マリウスは笑いながら言う。

「アステリア、結構悪戯《いたずら》好きだよね」

とアネットも言い、アステリアは微笑を浮かべただけで否定しなかった。

「そうなのですね」

バーラはじっとアステリアを見つめる。

「あなたも結構王女としては型破りだそうね？」

アステリアは余裕を崩さずに対応した。

「皆に言われます」

バーラはちょっと不本意そうに答える。

「何ででしょうね？」

「人と人が違うのは当然なのにね」

アステリアが嘆くように言えば、彼女はこくこくとうなずいた。

「本当です。人の数だけ個性があるのは当たり前です」

まさかの方向で二人の息が合い始めた事に、マリウスは意表を突かれる。

アネットとそっと顔を見合わせ、そっと笑みを交わす。

アステリアとバーラの相性はどうなのだろうかと彼らは心配していたのだが、どうやら杞憂《きゆう》に終わりそうだった。

「バーラが馴染《なじ》んでくれたらいいね」

「あの分だとたぶん大丈夫よ。どっちかと言うとエレンの方が心配かな」

マリウスの言葉にアネットが返す。

「エレンは正直巻き込んでしまった感が強いなあ」

マリウスは気の毒そうな顔になる。

ランレオ内での決定なので彼に口を挟《はさ》む権利はなく、助けようがなかったのだが。

「あの子と会えて嬉しかったけど」

アネットも少し申し訳なさそうな顔で自分の気持ちを話す。

エレンとはいい関係でいた為、再び交流を持てる機会を得たのは喜ばしい。

彼女の気持ちは分かるとマリウスは思う。

「俺もだよ。いい友人だったからね」

彼がそう言うと彼女はこくりとうなずく。

「私、友達作れなかったから」

アネットはそう言うが、顔は暗くない。

「いい事はきっとあると、信じてよかった」

「強いな、アネットは」

マリウスは驚嘆する。

常人ならとっくに心が負けてしまっていただろう。

「そうかな？」

彼女は自覚していないらしくきょとんとしている。

「そうだよ」

マリウスは笑って彼女の手を取った。

彼女は逆らわず、二人手をつないで部屋に戻る。

しばらくぶりだが、マリウスはあまり懐かしさを感じない。

「何だろう、ここは自分の家というより帰る場所の一つみたいな気がする」

アネットの言葉に、マリウスは少し目を見開く。

ほとんど彼女と同じ考えだったからだ。

「そうなんだよな。うまく言えないんだけどさ」

マリウスはそう同意する。

他に帰るところがあるのかと言われれば、ないと答えるだろう。

自分の感覚が完全には分かっていないのかもしれない。

「そうなの。不思議だよね」

アネットと笑い合っていると、エルムがにゅっと姿を見せる。

「ご主人様！　頑張ったのでほめてください！」

「おう」

マリウスは苦笑して彼女の頭を優しく撫《な》でた。

どうせエルムの事だから、分かっていて乱入してきたのだろうと思ったからだ。

「エルム！　毎度毎度貴様ぁ」

ゾフィが怒気を放ちながら転移で姿を見せる。

そしてマリウスに気づいて姿勢を正す。

「失礼しました」

「何となく今のだけで分かった気が」

詫《わ》びるゾフィに対してアネットが言う。

「失礼ね、ちゃんと仕事はしてるわよ？」

エルムは豊かな胸を張って反論する。

「そのへんはもう疑ってないけどな」

マリウスは苦笑しながら自分の予想を口にした。

「俺に会いに来る時は皆一緒という約束を無視したとか、そういう事なんじゃないのか？」

それならエルムは涼しい顔をしてやるだろうと彼は思う。

「正解です、さすがご主人様ですね」

エルムはとびきりの笑顔で答える。

「なんて女だ」

ゾフィはがっくりと肩を落とす。

「部下にしたのはお前だろうに」

マリウスは当然の指摘をした。

エルムの言動が自由すぎて皆忘れかけているが、彼女は本来、ゾフィの部下に過ぎない。

「能力の高さを評価したのですが」

ゾフィは過去の自分の判断は果たして正しかったのか、疑問を抱いているような顔でマリウスに言う。

「その判断は間違っていないと思うぞ」

彼は答えを返す。

今はあまり自由に動いてはいないが、エルムはできれば敵に回したくないと思う。

「お、高評価だ、やった」

エルムが笑みを浮かべてマリウスにすり寄ろうとしたところを、ゾフィが尻尾《しっぽ》を掴《つか》んで阻止する。

「ひゃあ！」

エルムは悲鳴を上げた。

「ゾフィ様！　尻尾はひどいです！」

「お仕置きに決まってるだろう、馬鹿め」

涙目で抗議する彼女を一蹴してから、ゾフィはマリウスに頭を下げた。

「お帰りなさいませ」

「ああ、ただいま」

マリウスは応えてから彼女に訊く。

「アルマはどうした？」

「あいつなら蝶々を追いかけていきました」

ゾフィは苦虫を噛《か》み潰したような顔で答える。

「アルマらしいな」

マリウスは苦笑するしかない。

忠誠心がないわけではなさそうだが、自由さで言えばアウラニースにも引けを取らない夢魔だった。

「全くの不忠者で恐縮です」

ゾフィが代わって謝るがマリウスはあっさり許す。

「気にするな。形はそれぞれだろう」

アルマは主君の窮地には駆けつける性格なのだから、普段は自由にしていてもいいと思う。

「さすがご主人様、大好き」

直後にアルマの声が聞こえて、マリウスは背後から抱きつかれる。

「敵意がなかったから気づかなかったな」

マリウスはそう言って柔らかい感触を受け止めた。

「あーっ⁉」

「アルマ、貴様」

看過できないという反応を示したのは、抜け駆けされた残りの夢魔達である。

「ふっ」

アルマは悪びれるどころか勝ち誇った笑みを彼女達に向ける。

「ご主人様、失礼します」

「失礼します」

ゾフィとエルムは器用にマリウスの体の空きがある部位に抱きついてきた。

「おう」

マリウスが何とか抱き留めると、アネットがにこやかに言った。

「マリウスはモテるね」

彼女の声には怒りも悲しみもない。

それがマリウスには少し不思議である。

(少しくらいは嫉妬《しっと》するんじゃないかと思うが……)

態度に出さないでいてくれる方が男としては楽なのに違いない。

彼は情けないと思いながらもありがたいと感じていた。

「ランレオはいかがでしたか？　何やら弟子を取るとの事ですが」

やがて体を離したゾフィがマリウスに問いかける。

「バーラだな。今日からホルディアで暮らす事になった。エレンという少女と一緒に」

彼が答えると、夢魔達はおおーと声を揃《そろ》えた。

「また女の子が増えた？」

アルマが言うと、エルムがその口を塞《ふさ》ぐ。

「ようやくご主人様が女を増やす事に乗り気に！」

そして歓喜の声を上げる。

「人聞きの悪い言い方はやめてくれ」

マリウスは苦笑して言った。

「あのう、アネット様はそれでいいんですか？」

ゾフィの方は遠慮がちにアネットに訊いた。

「彼は弟子を取っただけよ」

アネットは優しく答える。

「器が大きい……これが正妻の風格？」

エルムがのけぞってみせるが、マリウスには喜劇にしか見えない。

（エルムの事だから何か狙いがあるんだろうが……それは何だ？）

彼女に限って何も考えていない事はないはずだが、彼には読めなかった。

「バーラ……なら大丈夫だと思うけど、エレンちゃんとは仲良くしてあげてね」

アネットが言うと、ゾフィはうなずく。

「ご主人様にとって大切な客人なら、もちろん我らにとっても大切な存在です」

「はーい」

エルムはわざとらしく元気に返事をする。

「まあ、私なりに？」

アルマも前向きな答えを返す。

「それでいいよ」

マリウスは言ってから素早く考える。

(エルムとは早めに引き合わせた方がいいかもしれないな)

根拠のない勘のようなものだ。

「お前達、バーラとエレンと顔合わせする事に興味はあるか？」

マリウスが意思を確認する。

「あります」

エルムが即答した。

「ご迷惑でないなら」

ゾフィが少し遠慮しながら答える。

「どっちでもいいです」

興味なさそうに自分の髪を触りながらアルマは言った。

「おいアルマ」

とがめようとしたゾフィをエルムがそっと止める。

「今この子を入れたら計算が狂うので、後にしましょう」

そして耳打ちした。

「……今度は何を企んでいる？」

ゾフィがエルムを見る。

「皆幸せ計画です」

エルムはマリウスをちらりと見て、聞こえるように言った。

(俺に後ろ暗い事は何もないというアピールか)

なら好きにさせてもいいかなとマリウスは思う。

彼女は少なくとも自分を騙《だま》す事はないと信用しているからだ。

「一応言っておくが、誰かに迷惑をかけるのはなしだぞ」

それでも念の為に言っておく。

「私の計算が正しければ、誰かの迷惑にはならないはずです」

エルムはにこやかに答える。

自信ありそうな顔をした彼女にマリウスはうなずいた。

「エルムちゃんがそう言うなら大丈夫だろうけど、どんな事を計画しているのかな？」

アネットが少し困った顔で尋ねる。

「それはまだ秘密です」

エルムは自分の唇に指を当ててお茶目な顔で彼女に答えた。

「今訊いても教えてくれないか」

マリウスはため息をついて手を叩く。

すると扉を叩く音がして、若い侍女が入ってくる。

「失礼いたします。お呼びでしょうか」

「バーラとエレンの部屋案内が終わったら、俺達のところへ連れてきてもらいたい。あるいはどこかの部屋で話をするのもいいが」

マリウスはそう要望を話す。

彼は立場上、自分からバーラを訪ねていくわけにはいかないのだった。

「空いている会議室には心当たりがございます。ご案内いたします」

侍女はそう言いながらマジックアイテムを取り出す。

彼女達の間で使われているもので、どの部屋に人を回せばいいのかといった情報を伝達、共有できる。

作ったのがイザベラなのは言うまでもない。

マリウス達は侍女に案内された場所で、部屋を見てきたバーラ達と会う。

「あっ、マリウス様、この国にはすごいマジックアイテムがあるのですね」

バーラは目を輝かせながら彼に話しかけてくる。

「作ったのはイザベラだよ」

隠す事でもないし、そもそも彼女達はイザベラの能力を目の前である程度見ていた。

「そうなんですね！」

「やっぱりあの人、すごい」

バーラとエレンでは反応が分かれる。

純粋に驚いたのはバーラで、エレンはやはりなという気持ちと感心する気持ちの方が強い。

「普通にあの人がいれば、ランレオの技術なんていらないんじゃ？」

エレンはそんな事を小声で言う。

「そうでもないよ。イザベラはたぶんエレンより年下だから」

マリウスの発言は二人のランレオ人に少なくない衝撃を与える。

「えっ、そうなのですか？」

ただし、純粋に驚愕《きょうがく》して息を呑んだエレンとは違い、バーラは仲間を見つけた喜びのような輝きを瞳に宿す。

「ホルディア、普通に人材の宝庫じゃないですか。強いのも当然よ」

エレンは誰にも聞こえない声量で言った。

「んんー、これは方針を変えた方がよさそうね」

エルムはそんな彼女を観察しながら、ぼそっとつぶやく。

バーラはそれによって夢魔達の存在に気づき、視線を向ける。

「マリウス様、そちらの二名は……夢魔ですか？」

「ああ。紹介しよう」

マリウスが言うと同時にゾフィとエルムがバーラとエレンの前に立つ。

「魔人のゾフィと部下のエルムだ」

「あと一名は現在どこかに行ってしまってる。気まぐれな奴でな」

ゾフィが嘆息しながら言うと、バーラとエレンは目を丸くする。

「てっきりマリウス様の下で統制されているものだと」

バーラは思った事を正直に口に出した。

「基本は自由だよ。適度に仕事を与え、法律で縛ってはいるけどね」

マリウスがそう言うと、ランレオ人達がぎょっとする。

「自由？　魔人達がですか？」

バーラが訊き返し、エレンが息を呑む。

「アウラニースもデカラビアも比較的自由にやっている国なので」

アネットの言葉に、二人はああ、と声を漏《も》らす。

「そう言えばアウラニースも……」

「皆さん、すごいのですね」

バーラとエレンは大いに感心する。

「魔人がいて魔王がいて平気だなんて」

バーラの言葉に、そばで控えていたホルディア人の侍女達は、いかに自分達の感覚がマヒしているのかという事に気づいた。

「いつの間にか日常になってたもんね」

アネットも同じく気づいて苦笑をこぼす。

「あー」

マリウスはようやく理解した。

「そうだな、俺達にとっては日常的になっているけど、バーラとエレンにしてみればそうじゃないって認識が甘かったな」

アウラニースは性格的にはそんなに怖くないと思うのだが、それはあくまでも彼だからだろう。

何も知らない人間には、最低でも警戒の対象には違いない。

「それだけマリウス様が偉大という事なのですね！」

バーラは目を輝かせる。

ようやく理解が追いついてきたようだった。

「俺一人の力じゃ無理だけどね」

マリウスは苦笑して否定する。

彼はアウラニースが負けを認めるだけの力を持っているが、人心を安定させるカリスマ性はない。

「皆の心を安定させているのはアステリアのおかげだろう」

なかなか可視化されない事なのだが、とマリウスは付け足す。

「確かに魔物達と共存なんて、考えた事なかったです」

バーラは大きくうなずいて認めた。

「とりあえず続きは部屋に入ってからにしない？」

アネットは準備が整ったという侍女の合図を見て、皆に提案する。

「おっとそうだな。部屋の前で立ち話をしっぱなしというわけにはいかないな」

マリウスは失敗したと苦笑して最初に中に入る。

続いたのはアネットで、それからエレン、夢魔達、最後に侍女という順番だった。

部屋自体は少し広めである以外ありふれたものであり、人数分のティーセットが用意されている。

マリウスとアネットが横並びで座り、その正面にバーラとエレンが腰を下ろした。

「じゃあ私はエレンちゃんの隣ね」

エルムが馴《な》れ馴れしい口調で言って、エレンににこやかに微笑《ほほえ》みかける。

「はあ」

エレンはこの夢魔がどういう性格なのか全く知らない為、気さくで親しみやすいのかなと勘違いした。

「では私がアネット様の隣か。失礼します」

ゾフィの礼儀正しさにバーラは興味を持ったらしく、視線を向ける。

「何と言うか、武人のような性格なのですね」

「夢魔とひと口に言っても性格は様々だな」

とマリウスが言うとアネットも同意する。

「エルムとゾフィは同じ生き物とは思えないくらい、性格が違うわよね」

「それは人間も同じですよね？」

エルムはにこやかに切り返す。

「そうだな」

マリウスは認め、そして言った。

「思えば順番が正しくなかったかもしれない。まずはゾフィやエルムに会わせるのが先で、アウラニースは後の方がよかったか」

もちろんランレオ人達の心情を慮《おもんぱか》っての事だ。

「いえ、アウラニースの存在は既に知っていましたので」

とバーラが答える。

「情報なしで遭遇していたら、たぶん心臓が止まっていたと思いますけど」

彼女の隣でエレンも何度も首を上下に振った。

「まあ、あの方と比べたら私は可愛いものですね」

ゾフィは笑う。

アウラニースが相手では張り合う気すら起こらない。

バーラはそんな彼女に対して興味津々という顔で声をかける。

「魔人にとって魔王ってどんな存在なのですか？」

「難しい質問だ」

ゾフィは悩みを表情に浮かべた。

「雲の上と思う者もいるし、いつか自分もああなってやると目標にする者もいる。私は今のところ後者だ」

彼女の答えはマリウスにとって少し意外だったし、アネットも「へー」と声を漏《も》らす。

「それはいい心がけだな！　少し見直したぞ！」

突然アウラニースの声が聞こえたので、マリウスを除く全員がぎょっとして扉の方を見る。

押しのけられたらしい侍女が、困惑と謝罪が入り交じった顔でマリウスを見ていた。

それに気づいたマリウスは自分の役目を果たす。

「お前は呼んでないので、しばらく他の場所で待機していろ」

「ちょっと冷たくないか⁉」

アウラニースは目をみはって抗議した後、口を尖《とが》らせながらも大人しく部屋を出て行き、全員が安堵《あんど》した。

「アウラニース、すごくあっさり出て行きましたね」

バーラは信じられないものを見た顔でぽつりと言う。

「ご主人様が言わないと、ああはならないですよ」

エルムが彼女に説明する。

「無条件で言う事を聞いてくれるのはマリウスにだけだよね」

アネットも続けて言った。

「アウラニースの事だから、きっとバーラにも興味持つと思うよ」

この流れなら言えると思ってマリウスは口に出す。

「確かにちょっと興味を持っていたものね」

アネットがそう言えば、と王城に戻ってきた時の事を思い出した。

「今だから言いますけどアウラニース、怖いです」

と言うバーラの表情に恐怖心はほとんど見られない。

怖い気持ちは嘘ではないのだろうが、それだけでもなさそうだとマリウスは見て取る。

「あいつはよくも悪くも子供みたいな性格だよ」

彼は自分の分析をバーラに伝えた。

「あ、分かる！」

アネットが手を叩いて同意する。

「分かります！」

エルムも共感し、ゾフィも確かにとうなずく。

「何となく分かる気はしますね」

バーラは恐る恐る意見を口にする。

「言われてみれば大きな子供と言えそうです」

エレンはアウラニースの言動を思い出しながら言う。

「マリウス以外にはなかなか言えないけど」

アネットが微笑《ほほえ》む。

「アウラニースを子供扱いだなんて、普通じゃありえないですよね」

エルムがからかうような口調で言って、マリウスを見る。

「すごい」

エレンが尊敬のこもったまなざしでマリウスを見るが、

（何か違う）

と称賛された本人は思った。

それは口にせず、代わりにバーラに声をかける。

「ここにいるエルムなら、いろいろと君に物事を教えられるだろう。そういった事に関してはたぶん俺よりも適任だ」

これは謙遜《けんそん》ではなく、冷静かつ客観的な事実だ。

「はーい。私でよければ手取り足取りお教えしますよ？」

エルムはにこやかに、引き受けたと応じる。

「魔人達の考えは確かにとても興味があります」

バーラはそう言ってからマリウスを見た。

「もちろんマリウス様の魔法にも」

「俺の魔法ね……」

彼としては少しだけ疑問がある。

特級魔法を果たしてバーラが会得できるのかという点だ。

もちろん弟子として迎え入れた以上、手抜きをするつもりはないのだが。

「バーラの魔法も学ぶというのはどうだろうか？」

怪訝《けげん》そうな顔をしたバーラにマリウスは提案する。

「私の魔法ですか？」

彼女がきょとんとしたのは一瞬だった。

「いいですよ。人に教える事も勉強になるので！」

すぐに笑顔になって了承してから首をかしげる。

「ところでどなたを教えるのでしょう？」

「俺が想定していたのはミレーユなんだが」

マリウスは口に出しながら、自分の案がいいとは限らないと思い至る。

ミレーユはホルディアでも彼に次ぐ使い手であり、アステリアの腹心と言える存在だ。

そんな彼女が他国の王女に魔法を学ぶというのはいかがなものだろうか。

「ミレーユはちょっとまずいんじゃない？」

アネットが遠慮がちに指摘する。

「だよな。そもそも俺がやれって話になりそうだ」

マリウスは自分で答えにたどり着いて腕組みをした。

アウラニースすら破った最強の魔法使いであり、アステリアの夫となった彼ならば、何の問題もないだろう。

「そうなっちゃうよね」

アネットが客観的な予想を言うとエルムがニヤリとする。

「皆を丸め込むなら私がやりますけど？」

この夢魔なら本当にできるだろうなとホルディア人達は思ったが、マリウスとしては迷うところだ。

「ミレーユの意思を聞いてみないとな」

本人が知らないところで盛り上がるわけにはいかない。

「ミレーユは向上心のかたまりだから、きっと喜ぶと思うな」

アネットの予想にマリウスも同感だったが、念の為確認はとりたいものだ。

「はーい！」

不意にエルムが勢いよく手を挙げる。

「いきなりどうした？」

マリウスが訊くと彼女はにっこり微笑《ほほえ》む。

「私達の魔法を教えても構わないでしょうか？」

「ダメだな」

マリウスは即座に却下する。

夢魔の魔法というのはいかがわしいものもあるので、純粋な王女に教えていいものではない。

ところがエルムは全然あきらめなかった。

「変な事は教えません。相手の夢に入り込むくらいまでです」

「まあ、それくらいならいいのか？」

相手の夢に入り込む事と、そこからどうするかは別物である。

「私は興味ありますね」

バーラは興味津々という顔で答えた。

「ちょっと待ってほしい。俺も気になってきたぞ」

とマリウスは言う。

エルムの口ぶりだと人間に教える事は可能なのだろうし、自分も会得できるのか興味はある。

「もちろんご主人様も歓迎ですよ？」

エルムはにやりとした。

むしろそう言い出すのを待っていたのではないか、とアネットやマリウスは思わず勘繰りたくなる。

彼女が相手だと、天真爛漫《てんしんらんまん》な表情に騙《だま》されてはいけないと思ってしまう。

「そうだな。興味はある」

マリウスは断らずに乗っかる事を選ぶ。

何も悪い展開ではないのだからいいだろうと思ったのだ。

「あ、じゃあマリウス様も一緒ですか!?」

バーラが一気に目を輝かせる。

「そうなるな」

マリウスは予想通りの展開に内心笑いながらうなずく。

「どうせエルムの事だから全部計算通りなんだろう」

「それが取り柄ですから」

エルムの答えに嫌味を感じないのは、それだけマリウスが彼女に慣れたからだろう。

思わずという態《てい》でアネットも噴き出している。

「エルムには早めに慣れておいた方がいいと思って、今日この場を用意したんだが」

マリウスはバーラとエレンに理由を明かす。

「なるほど」

と言ったのはエレンだった。

「夢魔の知り合いはいないんですけど、彼女は異質なんでしょうか?」

バーラが興味深そうに訊いてくるが、マリウスには答えられない。

「一番夢魔らしい夢魔は恐らくアルマになるだろう」

代わりに答えたのはゾフィだったが、バーラは新しい疑問を持つ。

「アルマ、ですか?」

来なかった夢魔の名前だと、彼女とエレンはほどなく自力で気づいたようだった。

「自由を好み、娯楽に生きるのが夢魔だからな」

ゾフィの説明にランレオの少女達はなるほどと納得する。

「そのうち会う事もあるだろう」

いつの日になるかは分からないが、というマリウスの声なき声をバーラ達はちゃんと感じ取ったらしく、小さくうなずいた。

「今日のところはこれで解散するのはどうかな？　旅の疲れはさておき、気疲れはあるだろうから」

マリウスの問いにバーラはきょとんとする。

「私はまだまだ平気ですよ？」

「君はともかくエレンは休んだ方がいいだろう」

彼は苦笑しながら指摘した。

バーラは精神も頑丈なのだろうなという予想はあったが、エレンは違う。

「私もまだ平気です」

エレンはそう答えたが、強がっている事はバーラにも感じ取れたのだろう。

彼女をちらりと見てマリウスの提案を受け入れる。

「休憩が必要なのは分かりました。エレン、行くわよ」

「え、はい」

バーラの意思には逆らえず、エレンは申し訳なさそうな顔をして立ち上がった。

「俺達も戻ろうか。久しぶりの我が家だ」

「そうだね」

マリウスの言葉にアネットも立ち上がる。

「私達は仕事だぞ、エルム」

「分かってますよぉ」

ゾフィに言われたエルムは残念そうな顔で答える。

マリウス達が部屋を出たところで他の面子《めんつ》は散って行った。

第九十四章
バーラとエルム

その日の夜はマリウス達の帰還祝いとバーラ達の歓迎を兼ねて、食事はいつもよりも豪華な内容だった。前菜だけでも四種類あり、スープ、魚料理に肉料理、口直しの果実、それから量が多めの野菜料理である。

国力が回復した事を他国の王女に見せるという狙いもあるのだろうな、とマリウスは思う。政治的な駆け引きも少しずつ分かるようになってきたのだった。

「さすが、ホルディア。見事なものですね」

バーラは素直に感心しているが、誰も額面通りには受け取らない。

「ランレオの料理も美味しいと聞いているわよ?」

アステリアは平然として彼女に言う。本人同士にその気がなくても、政治的な意味を強制的に持たされてしまうのが二人の血統だ。

「ホルディアには敵わない気がしますね」

バーラは微笑して答える。

マリウスを立てる意味もあって一歩譲ってみせた、というのが正しい見方なのだろう。

マリウスはそう思いながら黙って見守る。

「とても美味しいです」

エレンはほうっと息を吐き出しながら言った。

彼女には腹芸は無理そうなので真実だろう。

「ランレオにも素晴らしいものはあるのでは？」

アステリアはバーラに問いかける。

「そうですね。何かお土産で持ってくればよかったですね」

バーラは失敗したと苦笑を返す。

本来なら王女が他国に赴くのだから、手土産の一つくらいあってしかるべきだった。

その点でも今回の件はどこまでも異例ずくめである。

「別にいいわよ。国の使節として来たわけじゃないんだから」

アステリアは笑って許した。

実のところ、ランレオ王と話し合った結果、あまり堅苦しい事は抜きにしようとなったのである。何しろ一国の王女が他国の王族に弟子入りするなど、記録にも口伝にも残っていないのだ。どうするのが正しいのか、誰にも分からないのである。

「アステリアが開明的なのは今更だけど、ランレオ王も理解があってよかった」

とマリウスは言った。

もちろんそれだけではないだろうという事くらいは彼もうすうす感じ取ってはいるが、バーラ達の前で言わなくてもいいだろう。

「ランレオとしてはホルディアに置いていかれたくない、という意識があると思います」

バーラは今までと打って変わって神妙な顔つきになる。

「ホルディアとしても独り勝ちを続けるつもりはないのだろうと」

彼女の言葉にアステリアはうなずいた。

「ええ。独り勝ちと言ってもほとんどマリウスの功績だもの。ホルディアの力と勘違いしてはいけないわよね」

と話す彼女の表情はマリウスからしても読みにくい。

「マリウス様をつなぎ留めるだけの力をお持ちって事でしょう？　すごいと思います」

一方でバーラはアステリアを持ち上げる。彼女の場合は心の底から思っていそうだった。

「だといいんだけどね」

アステリアは自信なさそうに言い、マリウスは自分の気持ちの伝え方がよくないのかなと少し思う。

（ある程度は政治的駆け引きだろうが）

何となく口を挟《はさ》めずにいると、さらにアステリアは言った。

「王には言ったけどランレオとはいい関係を築いていくつもり。これからもよろしくね」

「はい！」

彼女と比べるとバーラは実に無邪気な態度である。恐らくこちらの性格が本来のものなのだろう。食事が終わったところでエレンとバーラは先に引き揚げ、マリウスとアネットだけが残った。

「いい子だけど、何だか少しちぐはぐな気がするわね。政治的感覚はまだ学んでいる最中という事かしら」

アステリアは食後のお茶を飲みながら感想をつぶやく。

「アーちゃん、意気込みが空回りしてた時はもっと残念だったよ」

マリウスにお茶を淹れながらイザベラが遠慮なく言う。

「くっ⁉」

記憶にあるのか、アステリアは恥ずかしそうに頬《ほお》を赤らめただけで反論はしなかった。

「アステリアにも初々しい時期があったんだな」

マリウスがしみじみと言えば、彼の妻がじっと見つめ返す。

「当たり前でしょう?」

「今は可愛いと言うか、綺麗だな」

夫の切り返しにアステリアは真っ赤になった。意識して言ったのならともかく、今のマリウスは天然で計算していないと彼女には理解できてしまう。

結婚してしばらく経っても彼女はまだまだ初心《うぶ》だった。

「マリウス、私は?」

アネットがからかうように訊く。

黙っていても夫は言ってくれると思いながらも、彼女は待ちきれなかったのだ。

「アネットは今でも可愛いかな」

アステリアとアネットは種類が違うとマリウスは思う。

「そっか」

アネットは夫にそう言われただけで満足する。

イザベラはからかう事はせず、そっとアステリアの背後で待機する位置に戻った。

「彼女達がいなくなったから言うが、バーラとエレンがエルムに魔法を教わる話が出ていて。よかったらミレーユもどうだ？」

マリウスはここでミレーユに問いかけた。

バーラ達がいては率直な反応をするのが難しいだろうという彼なりの配慮である。

「夢魔の魔法ですか。考えた事すらなかったですね」

ミレーユは軽く目をみはった。

「そもそも人間に覚えられるものなの？」

アステリアがもっともな疑問を口にする。

「エルムの口ぶりからすれば、恐らく会得は可能だと思う」

マリウスが答えると、アネットも口を開く。

「マリウスが一緒に聞いてたから、大丈夫じゃない？」

「そうね」

アステリアは彼女に同意する。

「教えるとは言ったけど、覚えられるとは言っていない。なんて事は、マリウスが絡んでいる以上考慮しなくてよさそうね」

彼女はマリウスほどエルムの事を信頼できていないのだった。

その件についてはエルムが悪いとマリウスも思う。

「俺も参加するから、変な事にはならないはずだ」

「マリウスが一緒ならエルム対策を考える必要はないわね」

アステリアの口調には、エルムに対する若干のトゲがある。

「ああ、しっかり見ておくよ」

マリウスは苦笑を殺して答えた。

「それにしてもアウラニースがバーラちゃんに好意的だったのは、私ちょっとびっくりしちゃったよ」

アネットが空気を変えるべく、別の話題を持ち出す。

「それは同感ね」

アステリアはあっさりと同意する。

「俺もだな。バーラが今よりも成長したらもしかしたら、とは考えていたんだが」

マリウスはそう言った。

「ああ、将来はありえると思っていたのね？」

アステリアがそこで彼に尋ねてくる。

「うん。だってあの強さ、見ただろう？　まだ十代なんだよ」

マリウスは感嘆を込めて言った。

気づいたら強くなっていた彼とは違い、バーラは努力して強くなったのだ。

「十代であの強さってちょっと信じられないわね」

というアステリアの声には畏怖の念が少しこもる。

「メリンダ様もあんな感じだったのかな？」

アネットはそう言った。

「かもしれないわね。メリンダ様の幼少の頃の話は何も残っていないから、推測する事しかできないけれど」

アステリアは彼女に同意する。アウラニースすら封印した英雄、メリンダ・ギルフォードの伝説は数多く残っているが、人生の前半部分は謎が多い。

「恐らく魔王との戦いがそれだけ苛烈《かれつ》を極めたのでしょうけどね。何せ魔王が一国に複数いるとすらと言われた時期があったそうですから」

ミレーユが会話に入る。メリンダが尊敬を集め崇拝されているのにもかかわらず、残された情報が少ないのは魔王のせいだと考えられていた。

「アウラニースなら何か知っていてもおかしくないんだけどね」

アネットが言うとアステリアが苦笑する。

「おかしくないけど、覚えてない方がアウラニースらしいんじゃない？」

「それはそうだね」

アネットも苦笑をこぼした。

「それは言えてるな」

マリウスも賛成する。

今でもメリンダの死を残念がるくらいに気に入っているくせに、彼女自身の事はろくに知らないのは、いかにもアウラニースらしかった。

「メリンダ様が使っていた魔法で情報が残っていないもの、もしもあるなら教えてもらいたいのだけどね」

とアステリアは言う。

「それはいいな」

マリウスはポンと手を叩く。

「バーラを見ていて思いついたのよ」

アステリアは再び苦笑を浮かべて言う。

「でも、アウラニースが覚えているかな？」

アネットの何気ない疑問はマリウスとアステリアには深刻に響く。

「アウラニースならありえるな」

マリウスはうなる。

アウラニースはよくも悪くも細かい事を気にしない性格だ。さすがに自分を封印した魔法は覚えているだろうが、それ以外は忘れていてもおかしくはない。

「どうせなら、むしろソフィアにでも訊いた方がいいかもしれないな」

マリウスはふと思いついて口に出す。

「彼女ならメリンダ様の事を覚えていても不思議じゃない」

「確かにソフィアなら」

アステリアはうなずいて賛成する。

「私を呼びましたか？」

いつの間にかソフィア自身が姿を見せていた。

バーラやエレンなら仰天したかもしれないが、ホルディア人達はよくも悪くも魔王級の行動に慣れてしまっている。豪胆なところがあるアステリアはもちろん、一般の侍女ですら平然とした顔でソフィアを受け入れていた。

「戻ったか。ずっとアウラニースと戦っていたのか？」

「そんなわけないですよ」

マリウスの問いに苦笑が返ってくる。

「適当に戦ったところであの方は飽きてしまったので、その後は一緒に散歩ですね。そのうちアイリスと一緒に戻ってくるでしょう」

「途中で飽きるあたりが何ともアウラニースらしいわね」

アステリアも苦笑するが、マリウスだって全面的に同意だ。

「考えてみたらアイリスやソフィアとは何回も戦っているからな」

戻ってきたアウラニースがそう言い放つ。

背後にはもちろんアイリスも控えていた。

ソフィアも含めて全員が無傷なのは、本気で戦ったわけではないからだろう。

「その理屈だと俺とも戦わなくてもいいんじゃないのか？」

マリウスはひと欠片《かけら》の希望を込めて訊いた。

「まさか！　お前は別格だ！」

アウラニースは頭を振って断言する。

流れを気にしなければ稀代の美女からの熱烈な求愛になるのだろうが、マリウスとしては別に嬉しくもない。彼だって人間だから彼女の好意そのものは嬉しいのだが、付随するものはお断りしたいところだ。

「遠慮する」

とマリウスは即答する。

「つれないな」

アウラニースは笑っただけで不満は言わなかった。

気に入った相手だと相当譲歩するのも、彼女の特徴の一つだと言えるかもしれない。

「理解があって助かる。ところで将来有望そうなバーラについて相談したいんだが」

マリウスはさっそく弟子について切り出す。

もちろん自分が言った方が早いと判断しての事だ。

「うん？　あの女がどうかしたのか？」

アウラニースが小首をかしげる。

「その前に席に着いてお茶でも飲んだらどう？」

アステリアが彼女にそう勧めると、彼女は大人しく従った。アイリスとソフィアは彼女の背後に回り座ろうとしないが、いつもの事なので誰も気にしなかった。侍女が差し出した茶を一気に飲み干し、アウラニースはマリウスに言う。

「で？　バーラとやらが何だって？」

「彼女と一緒に魔法を学ぼうという話になっているんだけど、お前なら俺達が知らない魔法も知っているんじゃないか？」

マリウスはあえて訊き方を当初の予定から変えたのだが、これは「アウラニースならメリンダすら使えない魔法を知っている可能性」に思い当たったからだった。

「そもそもマリウスがどれくらいの魔法を知っているのか、それを知らないんだが?」

アウラニースに切り返され、マリウスは一瞬言葉に詰まる。

「マリウスは記憶がまだ完全に戻ってないんだもん。仕方ないよ」

アネットが庇《かば》うように言った。

「それもそうか」

アウラニースはあっさり納得して引き下がる。

「いっその事、アウラニース様がご存知の事を全て話すのはいかがでしょうか?」

と提案したのはソフィアだった。

「オレの知識をか?」

アウラニースは意表を突かれたらしく、彼女に訊き返す。

「ええ。それなら問題ないでしょう」

「それもそうだな」

アウラニースが乗り気になったところで、アステリアが制止する。

「ちょっと待って。人間が覚えられない、覚えたらまずい魔法ってあるんじゃない?」

アウラニースはきょとんとしてソフィアを見た。

「否定はできませんね。たとえばネクロマンシーやヴァンパイア化といった代物も存在しますから。どうなのですか、人の王としては？」

「できるならどちらも広めたくはないわね」

ソフィアに問われてアステリアは渋面を作る。

ネクロマンシーは簡単に言えば死者の魂を呼び戻し、遺体を操作する魔法だ。

ヴァンパイア化は術者をヴァンパイアに変える魔法だ。バーラ自身は悪用しないにしても、一国の王女に教えた事自体が問題になりそうな種類の魔法である。

「マリウスは使える？」

アネットに問われてマリウスは首を横に振った。ゲームでネクロマンシーは使える系統の職業が違っていたし、ヴァンパイア化の魔法は実装されていなかった。

「何かの時にちらっと小耳に挟《はさ》んだ気がするけど、魔人になる魔法もあるんだっけ？　俺はそれも使えないからな」

とマリウスは言う。

「魔人なんて気づいたらなってるもので、わざわざ魔法なんて使わなくていいだろ」

アウラニースの答えは素っ気なかった。

「それは強者の理屈ね」

アステリアが苦笑する。それから彼女は疑問をぶつけた。

「でもその理屈だと、アウラニースがヴァンパイア化する魔法を使えるのは、おかしくない？」

「言われてみればそうだな」

マリウスはもっともだとうなずく。

「ソフィアが開発したから使ってみただけだ。オレが作ったわけじゃない」

アウラニースが平然とそう答え、人間達の視線はソフィアに向いた。

「同胞を魔法で増やしたりできないものかと、試行錯誤していた時期があったもので」

彼女は悪びれずに説明する。

「ソフィアだと、結構えげつない魔法を持ってそうだな」

とマリウスは言う。

ソフィアは微笑しただけで、偏見だと反論しなかった。

「おう。ソフィアはお前達が思っている以上に性格悪いぞ」

アウラニースが自信たっぷりに言い切る。

「とりあえず話を戻すとして、他に何かまずい魔法はあるか？」

マリウスがソフィアに尋ねた。

アウラニースに訊くよりも適切だと判断したからである。

「人間の倫理観に反しそうな魔法はそれなりにあるでしょう。むしろあなた達が覚えたい魔法を、その都度挙げていく方が不都合はないと思いますが」

ソフィアはそう彼に忠告した。

「アウラニース様はほとんどの事ができるからな。できないのはせいぜい時間を巻き戻す事くらいだ」

アイリスの言葉にマリウスとアステリアは同時にため息をつく。

「アウラニースを軽く見ていたつもりはないけれど、まだまだ適正な評価をできていなかったのかもしれないわ」

「同感だな」

ため息をついたアステリアにマリウスは共感する。

「お、オレをほめるのか？　もっとほめろ」

アウラニースは胸を張って得意げに笑う。

「こういうところは子供そのものなんだが」

マリウスが苦笑してアステリアを見ると、

「これだけで判断したら騙《だま》されるわね」

と言って苦笑する。

「時間があるなら一つずつやっていきますか？　そんなに簡単に会得できる魔法ばかりではないですし」

ソフィアはそう言ってから、ふと気づいてマリウスに問いかけた。

「ところでバーラという少女はどれくらいの期間、あなたの下で修業するのですか？」

マリウスは思わずアステリアを見る。

「具体的には決まっていなかったよな」

「弟子というものは破門しない限り、永遠に関係は消えないしね。バーラ王女の立場もあるから、三年もすれば一度国に帰るのではないかしら」

妻の返事を聞いた彼は意外に思う。

「ランレオはそのへん何も言わなかったのか」

マリウスが確認するとアステリアはうなずいた。

「ええ、そうよ。だから、あわよくばあなたの第三夫人になる事を狙っている、と私は考えているわ」

この答えにマリウスは思わず噴き出したが、驚いたのは彼一人である。

「やっぱりって思っちゃった」

とアネットは動揺もせず言った。

「俺がうっかりしていたのか」

マリウスが自分の鈍感さに内心舌打ちすると、

「そこがマリウスの美点でもあるから」

アネットが笑顔で優しく慰める。

「そうね。アネットに賛成よ」

アステリアも彼女に同意した。

「だといいんだがな」

マリウスは少し釈然としない。

（もっと自分でいろいろと気づく事ができたなら）

と彼は思うのだ。

そんな彼の手の上に、そっとアネットが自分の手を置く。

「一人で抱え込まないで。私達がいるから。ね？」

そして彼の顔を覗《のぞ》き込むように優しく声をかける。

「ありがとう」

マリウスは礼を言った。

アネットもアステリアも確かに彼の心の支えになってくれているのだし、それを忘れてはいけない。

「どういたしまして」

アネットとマリウスの心情を読んだらしいアステリアが同時に言う。

そして二人、視線を交わして笑い合った。

二人は競争相手というよりは戦友としての意識が強い。

それはマリウスにとって望ましい状況である。

ご都合主義……という単語が一瞬よぎったマリウスだったが、すぐにその思考を捨てた。

(大切な二人が仲よくしてて、何が問題だって言うんだ?)

この上ない贅沢《ぜいたく》ではないかと彼は思うのである。

「まあ一つずつやっていけばいいだろ。時間があるなら」

とアウラニースが言った事で話は決まった。

「……アウラニース以外にネクロマンシーみたいな魔法を使える奴はいるのか?」

マリウスはふと気づいて彼女に問いかける。

「そりゃいるだろ。だからちょくちょく面倒な事が起こっているんじゃないか?」

アウラニースの返事は身もふたもないものだった。

「そうか」

マリウスが苦笑しながらうなずくと、アステリアが顔をしかめる。

「ネクロマンシーで過去に戦った魔物を蘇生させる、なんて事されたら確かに嫌ね」

「オレとマリウスより強い奴はいないんだから、何の問題もないだろ。何ならオレが蹴散らしてやるよ」

アウラニースは静かに宣言する。

「お前がその気なら百万の敵が来ても安心だ」

とマリウスは言う。

魔王や魔人が百万いるかはさておき、アウラニースなら彼女だけで文字通り粉砕してくれるだろうと期待できる。

「任せておけ」

アウラニースは腕を組んでにやりと笑う。

「私も協力すると言いたいところですが、獲物を横取りするなと叱られそうですからね」

ソフィアはそう言って彼女をちらりと見た。

「当たり前だ。オレの獲物だぞ？」

アウラニースはふてくされた二歳児のような顔になる。

「分かった。ソフィアはアネットやアステリアを守ってくれ」

マリウスが苦笑して違う頼み事をすると、ソフィアはこくりとうなずく。

「うんうん、護衛も大事だからな！」

アウラニースは満足げな笑顔になった。

「アイリスとソフィアはいつもこんな感じで譲歩していたのかな」

アネットがマリウスにそっと小声でささやく。

「聞こえたぞ、アネット！」

ところがアウラニースがそう言い放った。

「まあアウラニースの耳をごまかすのは無理だろう」

マリウスが笑みをこぼすとアネットもつられて笑った。

「オレがワガママな子供みたいじゃないか！」

アウラニースがアネットに抗議する。

「その通りだろう？」

マリウスがすかさず切り返す。

「その通りでしょう？」

「その通りだよね？」

アステリアとアネットがほぼ同時に続く。

「その通りですね」

ソフィアも認めた。

「否定できないな」

アイリスもうんうんとうなずく。

「くっ……お前達」

アウラニースは悔しそうにうなるが、負けを認めたのか反論してこなかった。

話にオチがついたと思い、マリウスは皆に言う。

「今日はこのへんで休まないか。早めに眠りたい気がする」

　体力的には問題ないのだが、気疲れしたように思えてならないのだ。

「そうね。アネットはお疲れ様だったしね」

　アステリアは理解を示す。

「明日から一緒にいられる時間は増えるのだろうし、今日のところはね」

　さらりと回り込む事を忘れなかったが。

「ああ。そうだな」

　マリウスは彼女らしいと苦笑しながら受け止める。

（俺だってアステリアと過ごす時間は増やしたいんだからな！）

　彼は心の中でそう思った。

　皆の前ではっきりと言うのは恥ずかしい気がしたので、言語化は避けてしまう。

　するとアネットがそっと彼の腕の上に手を乗せる。

「言葉にしてあげた方がいいよ？」

　どうやら彼女はマリウスの思いを察したようだ。

「そうだな」

　マリウスは彼女の気遣いに感謝して、アステリアに声をかける。

「俺だって君と過ごせる時間が増えるのは歓迎だよ」

「そう」

彼の言葉を聞いて照れるほど、彼女は可愛らしい性格ではなかった。

「もうちょっといい雰囲気で言ってくれたら最高だったわ」

とアステリアは可愛げのない事を言うが、今のマリウスには照れ隠しだという事は理解できる。

(要するにツンデレ系ヒロインだな)

マリウスはアステリアの事をそう解釈していた。

正しいかどうかより、彼の認識こそ、この場合は重要だろう。

「努力しよう。俺だって少しずつ成長するからね」

「それは楽しみね」

マリウスのこの言葉にアステリアは嬉しそうな笑みをこぼし、夫に期待しているのだという事を示す。

(本人は気づいてないでしょうけど)

とアネットはその様子を見て思う。

彼女から見ても、アステリアはまだまだ素直になる余地がある性格だった。

「皆様?」

咳払《せきばら》いしてから声をかけたのはミレーユである。

イザベラはマリウス達の心情を表情から推し量って、ニヤニヤして見守っているだけで、役には立たない。

「おっと、退散しよう」

マリウスが笑いながらアネットと連れ立ってそそくさと部屋を出る。

それをアステリアとイザベラは笑いながら、ミレーユはため息をつきながら見送った。

「オレも寝るか。たまには」

アウラニースは案外律義なので、ごねもせずにアイリスとソフィアを連れて立ち去る。

残されたアステリアは深々とため息をついた。

「お疲れ様、アーちゃん。二人きりになれなくて残念だね？」

イザベラが彼女をねぎらいつつからかう。

「言ったでしょう？　自分の事だけ考えていられないの」

気の置けない友二人しかいなくなっても、アステリアはツンとした態度を取る。

「無理をなさらなくてもいいですよ。ここには私とイザベラだけなんですから」

ミレーユが優しく笑いかけ、アステリアは苦笑した。

「あなたまでそんな事言わないの。私は本当に平気よ？」

とアステリアは答える。

「無理しなくていいのに」

イザベラがこれ見よがしに呆《あき》れた顔を作ってみせた。

「いえ、アステリア様の場合、ご自分の気持ちに気づいていない可能性があるわよ」

ミレーユは頭を振って指摘する。

「言われてみれば、そっちの方がアーちゃんらしい」

イザベラはハッとしてからアステリアを残念そうに見た。

「何でも知っているようでいて、意外と抜けているところがあるもんね、アーちゃん」

「くっ……」

アステリアは怯《ひる》んでしまい、否定しなかった。

「失礼よ、イザベラ。支え甲斐《がい》のある方だと言うように、と言っているでしょう」

ミレーユが年下の同僚をたしなめるが、どう考えても擁護にはなっていない。

「あなた達もマリウスと素敵な時間を過ごせたみたいね？」

アステリアは気を取り直して二人に言う。

「否定しないけど、マリウス君と結婚はないかなぁ」

「同じくです」

イザベラとミレーユに言われて、アステリアは一瞬黙る。

「気づいていたのね？」

そして息を吐き出して、二人に問いかけた。

「つき合いが長いもんね。何となく分かっちゃったよ」

イザベラが仕方ないという顔で答える。

「私とイザベラがあの方の愛妾《あいしょう》として納まれば、いろいろと利点が生じます。あの方にとっても比較的マシな選択でしょう」

と話すミレーユは淡々としていた。

ミレーユは貴族の令嬢としての立場もあり、いつかは結婚しなくてはならない。

アステリアに理解がある支持層の男性と結ばれるのが理想だが、貴族社会の均衡というものを考慮すれば異なる選択肢の方が有力だ。

「ミレーユの夫になった男の実家はアーちゃんの支持基盤に数えられるので、味方を増やす事になるもんね」

イザベラが少し嫌そうに語る。

「王族が壊滅状態で、マリウス様の存在もあって表面上は皆大人しくしているけれど、いずれ悪い虫が蠢《うごめ》き始めるでしょう」

ミレーユが言うのは貴族の習性であり、しかもアステリアの新しい支持者になろうというのだから、とがめる事は難しい。

「まあ何とかなるわよ」

アステリアが言うと、二人は不思議そうに彼女を見る。

「懸念事項はアステリア様もお持ちだったはずでは？」

ミレーユに問われて彼女は苦笑した。

「そうなんだけど、エルムが何やらこっそり企み始めているからね。当分は大丈夫でしょう」

アステリアの言葉に、なるほどと二人は納得する。

「マリウス様の部下としては信頼できますからね、あの夢魔」

「まあせいぜい貴族達には痛い目に遭ってもらおうっと」

二人の返答がエルムや貴族への心情を物語っているし、アステリアもとがめる気はない。

「あなた達も今日のところは早めに休んでね。疲れたでしょう」

「アステリア様ほどではないと思いますよ」

主人のねぎらいに対してミレーユは神妙に応じたが、

「ほんと疲れた。アーちゃんの鬼畜」

イザベラの方は遠慮なく言う。

ミレーユがじろっとにらむが彼女は怯《ひる》まない。

「仕事を任せる人間を増やしているところだけど、どうしてもマリウス絡みはあなた達じゃないとね」

アステリアの問いにミレーユとイザベラはうなずく。

イザベラだって政治的情勢の微妙な点を分かっているのだ。

「アステリア様もお休みください」

「アーちゃんが休まないと、ミレーユは寝ないと思うよー」

生真面目な態度を一貫して取り続けるミレーユをちらりと見て、イザベラは先に部屋を出て行く。

「まったくあの子は」

二人きりになったところでミレーユがため息をついた。

「イザベラは遠慮なく不満を言うけれど、一度も嫌だと言った事はないのよね」

アステリアが言ったのは事実であり、ミレーユも認めるところである。

「あの子の忠誠心について疑った事はありませんよ」

ミレーユは主人に微苦笑を浮かべて言う。

今の状況からは想像もできない苦しい時代にも、イザベラはずっとアステリアのそばにいた。

最も苦しい時に寄り添ってくれる者こそ最も信頼できる友である、というのはホルディアに伝わる言葉であり、イザベラはそれを体現してきたと言える。

マリウスが知れば「ツンデレの変化形」とでも表現したかもしれない。

それぞれが寝室に入った頃、バーラは一人悶々《もんもん》としていた。

(眠れない)

彼女は元来寝つきがいい方だし、枕が変わったら眠れなくなる人間ではない。

それなのに今日眠れない理由について、彼女には心当たりがあった。

(やっぱりマリウス様素敵だったものね。アステリア様も捨てがたいけれど)

マリウス、アステリアと会って話した興奮が収まらないのである。

さらにアウラニースまでいたのだから、なおさら激しくなるというものだった。

(レロレロされたいなんて言ったら、嫌われちゃいそう)

バーラはうっとりしながらそんな事を思う。

せっかくマリウスの弟子になれたのだが、ここから仲を深めるのは難易度が高そうだと彼女の直感が言っている。

(でも夢魔の魔法を教えてもらえるのよね)

それさえあれば、もっと欲求発散に使えるのではないかとバーラは思うのだ。

マリウスやアステリアを対象にしようとは思わないが、自分にかける分には問題ないだろう。

楽しみだと思うと余計にバーラは眠れない。

「あら、眠ったところに声かけようと思ったけど、まだ寝てなかったのね」

不意に聞こえた声の主はエルムである。

「あなたは確か、エルム？」

バーラは驚いて身を起こす。

相手がマリウスの部下だと分かっていなければ攻撃魔法を仕掛けていたかもしれない。

「ええ、マリウス様のシモベのエルムですよ」

その反応の速さに対してエルムは笑みを返す。

個の戦闘力で言えば彼女はバーラに劣っている事を自覚しているが、彼女の性格と実力を読み切っているという自信が余裕を持たせている。

「そのエルムが何の用ですか？」

バーラは警戒レベルこそ下げたが、油断はしていない。

天真爛漫《てんしんらんまん》な少女でありながら、優れた魔法使いでもあるという二面性の発露を、エルムは好ましく思う。

「あなたがマリウス様との仲を深めたいなら、力になれると思って」

「マリウス様がご存知とは思わないけれど」

バーラの表情に笑みはなく、その瞳は鋭い。

「その読みは正しいわ」

エルムは悪びれずに認める。

「でもね、ご主人様を取り巻く政治的情勢の話なの。あなたも王女だから、ホルディアの現状は何となく分かっているでしょう？」

彼女の問いにバーラは考え込んでしまう。

マリウスは世界を救う英雄で、アステリア女王と結婚した。

ホルディアの王族は他に生き残っておらず、彼ら夫婦の子だけが王位継承権を持つ王族となるだろう。

「将来における政治基盤の脆弱性《ぜいじゃくせい》ね」

バーラは問題点を言い当てて、政治的に無能ではないと証明する。

マリウスが生きている間は問題ないだろうが、彼が死ねばホルディア王族の基盤は消失すると言っても過言ではない。

「その通りよ」

エルムは肯定した。

その危うい状況を改善していくというのが目下の課題であり、ミレーユやイザベラの結婚問題にもつながる。

「私に何の関係があるの？」

バーラは率直に疑問をぶつけた。

「私がマリウス様と結ばれたと仮定して」

彼女は頬《ほお》を赤らめて言いにくそうに仮説を言う。

「将来的には火種になるだけじゃない？」

彼女の懸念は当然だった。

マリウスとバーラの子は、アネットの子と同じようにホルディアの王位を継ぐ資格はないのにもかかわらず、ランレオ王国が後ろ盾になって介入したら、今よりもさらに揉《も》める事は確実である。

「まあそこは工夫が必要ね」

エルムは彼女の考えを否定しなかった。

「……いずれにせよマリウス様がご存知ないのに、勝手に話を進めるのはよくないと思うわ」

バーラは毅然とした態度ではねつける。

「あなたの欲望を満たせるのに？」

エルムは彼女の内面を見透かすような表情で問いかけた。

「私の気持ちなんて二の次でしょう」

バーラは息を呑みながらキッと見つめ返す。

一国の王女が私利私欲に走ってはいけないと教育されてきた結果でもある。

「ふーん。じゃあ忘れてちょうだい」

エルムはそう言うと、するりと部屋を抜け出る。

「何なの、あの子」

バーラはそっと声を漏《も》らす。

マリウスに対する感情を見抜かれた時はどきりとしたが、何とか勝てた。

「マリウス様の忠臣と言っても、全てあの方の意のままに動いているわけじゃないのかしら？」

忠告した方がいいのかと悩んでいるうちに、バーラは夢の世界に旅立っていた。


（合格、かな？）

エルムは王宮の闇の中を動きながら、バーラの事を評価する。

マリウスと結ばれたいという欲望に負ける女だったら、それなりの処置が必要だと考えていたのだが、杞憂《きゆう》だったらしい。

差し出がましい事をしていると分かってはいるが、彼女なりに主人を取り巻く環境を守る為の行為だ。

（それにしてもご主人様、女性に好かれる力は高いのよね。自覚していないところも素敵なんだけど）

苦労するのは主にアステリアと自分だろうなと思い、そっと肩を竦《すく》めると、エルムは静かに闇に消えていく。


次の日の朝、皆で食卓を囲んだ後のお茶の時間にエルムが言い出した。

「せっかくだし今から始めませんか？　魔法の練習を」

「ここで？」

マリウスが代表して彼女に訊き返す。

「ええ。今なら皆揃《そろ》っているでしょう？」

エルムはまず彼を見て、それからバーラとミレーユを見る。

「確かにね。概要を教わって、練習は空き時間にできるものね」

アステリアが有効性を認めた為、エルムはちらりとゾフィに目をやった。

「私がやるのか？」

「いや、オレがやってやろう」

驚いたゾフィの横から割り込むように、アウラニースが前に出る。

「まずお前達が使えない魔法が分からないんだが」

彼女はそう言ってバーラとミレーユを見る。

「とりあえず合成魔法でも覚えておくか？」

この発言に空気が凍った。

「いきなり高等魔法からですか」

ミレーユが思わず言い返す。

「私は一応使えるんだけどなぁ」

バーラが小声でつぶやく。

反応がよくなかった事で、アウラニースは分かりやすく拗《す》ねてしまう。

「何だよ。じゃあどんな魔法がいいんだ？」

「私が覚えたいのは広範囲の索敵魔法ですね。それから防御用の魔法も」

ミレーユはそう彼女に告げる。

もちろんアステリアの護衛を行う為で、彼女は自分よりはるかに強い存在がいるからと言って精進を怠るつもりはない。

「オレとマリウスがいると言いたいところだが……まあいいだろう」

アウラニースはマリウスをちらりと見て、ミレーユの意見を却下しなかった。

「有力なのは【ディテクション】という魔法なんだが、他にも【ライフパーセプション】という魔法がある。相手の生命力を把握する効果だ」

「おお」

アウラニースの言葉を聞いて、バーラとミレーユが声を上げる。

「欠点はアンデッドやゴーレムといった非生物は探知できない事にあるが、どうする？

覚えてみるか？」

　とアウラニースはにやりと笑って問いかける。

「いいな、やってみよう」

　最初に乗り気になったのはマリウスだった。

　彼にしてみれば知らない魔法を会得するという機会は極めて珍しいので、積極的に取り組みたい。

「私もです」

　次にバーラが反応する。

「私もやります」

　最後のミレーユはマリウスから一瞬半遅れた。

「はは、さすがとほめてやろう」

　アウラニースが上機嫌で言い、それから魔法を発現させてみせる。

「【ライフパーセプション】」

　彼女が唱えると魔力が動き、光が彼女の頭部を包む。

「うん、城の中にどれくらいの人間がいるか、はっきりと分かるな」

　そして彼らに言った。

「じゃあやってみせろ」

「いきなりか」

マリウスが言うと、アウラニースはにやりと笑う。

「魔法なんてものは慣れるのが一番だぞ。ほら」

「【ライフパーセプション】」

彼女に言われるがまま、マリウスは試し撃ちしてみたが不発に終わり、魔力を無駄に消費しただけだった。

「……いきなりは無理か」

「すごい魔力の流れでしたね」

彼の事をまじまじと見つめながらバーラが言う。

「さすがマリウス様、何気なく使われる魔力量が桁違いですね」

ミレーユは感心するが、マリウスは素直に受け取れない。

(単純に不慣れな魔法だと、魔力の制御が甘くなるだけだろう)

と自己分析しているからだ。

口に出しても謙遜《けんそん》と受け止められるだけだろうから言わないのだが。

「じゃあ私もやってみますね」

バーラはそう言ってアウラニースの真似をする。

「【ライフパーセプション】」

彼女の頭が一瞬光るだけに終わった。

「いきなりは難しそうですね……」

バーラは残念そうに言う。

「俺より素質はあるかもしれないな」

マリウスは感心するが、彼女は慌《あわ》てる。

「そんな、一回だけじゃまだ分かりませんよ」

彼女は本気で言っていると判断して、マリウスは意見を引っ込めた。

「次は私でしょうか。【ライフパーセプション】」

ミレーユが試してみると、マリウスと同じ結果に終わる。

「まあそんな簡単にできるはずもないし」

彼が言えばミレーユは小さくうなずく。

「【ライフパーセプション】」

次にやってみせたのはエルムで、何と成功してしまう。

「えっ……」

この予想外すぎる結果にバーラとミレーユは目をみはるが、アウラニースは騙《だま》されない。

「お前、元々使えただろう?」

この指摘にマリウスと女性達はハッとする。

「アウラニースは引っかからなかったか」

エルムは悪戯《いたずら》が見つかった子供のような顔で舌を出す。

「エルム？」

マリウスがじろっとにらむと彼女は首を竦《すく》める。

「私の方が手本としては上等かと思いまして」

「それなら最初から言えばよかっただろう？」

珍しいと言えば珍しいエルムの言い訳に対し、マリウスはすぐに切り返す。

「はい、ごめんなさい」

彼女は急いで謝った。

「エルムが謝った……」

ミレーユがつぶやく。

エルムが素直に己の非を認めるのは、やはり滅多にない事なのだ。

「エルムの奴がマリウスにそんな事をするとはな」

アウラニースが怪訝《けげん》そうな顔になる。

実のところマリウスも同意見なのだが、だからと言って彼女のやった事をとがめないわけにもいかなかった。

「もう一回練習してみようか」

マリウスは気を取り直して言って、まずは自分がやってみる。

「【ライフパーセプション】」

先ほどよりはいい感じで魔力が流れ、頭部が光った。

「いい感じじゃないか！」

アウラニースが彼をほめる。

「そうか？」

マリウスは確かに手ごたえを感じていたが、周囲から見てどうなのかと気になった。

「はい。もう一歩って感じだったと思います」

バーラが言った。

「次はバーラの番かな？」

マリウスが促すと、彼女はうなずいて実行する。

「【ライフパーセプション】」

彼女が唱えると魔法は一瞬だけ発動した。

「あ、できました」

「すごいな」

笑顔を作って喜ぶ彼女をマリウスはほめる。

「まさか二度目で成功するとは、大した魔法センスと言うべきだな」

アウラニースも軽く目をみはって感心する。

「えへへ？」

バーラは困惑半分、照れ半分というところだ。

「やれやれ、どっちが弟子なのか分からないな」

マリウスは苦笑する。

こんな事になっても面子《めんつ》を潰されたと怒るような彼ではなかった。

「今はそういう流れじゃないもの」

アネットが彼を慰める。

「そうだな。アウラニースが師匠だな」

マリウスは言ってから、アウラニースをからかうような目で見た。

「うむ。感謝するがいい！」

彼女は上機嫌で胸を張る。

「アウラニースが師匠になるだなんて、誰も夢にも思わなかったでしょうね。私がそうなのだから」

アステリアが笑いながら言ったので、

「全くその通りだと思う」

マリウスは全力で同意する。

「どうしてこうなったのかな？」

エレンはつぶやいたが、あまりに声が小さかったので誰も聞いていなかった。

「最後にミレーユの番ね」

エルムがミレーユに言うと、彼女は何も言わず黙って実行する。

「【ライフパーセプション】」

彼女は見事に成功させたと皆が分かった。

「……できました」

本人が一番驚くという展開になり、最初にマリウスが拍手を送る。

次にアステリアとアネットが同時に拍手し、バーラが真似をした。

「大げさですね」

ミレーユはそう言ったが、まんざらでもなさそうなのは隠しきれていない。

「まさかと思うけど、手本としてはエルムの方が優れていたという事なのかしら？」

アステリアが難しい顔で疑問を口にする。

「言われてみれば、そうなのかな？」

アネットもハッとして彼女に同意した。

「ふふん。私も捨てたものじゃないでしょう？」

エルムは得意そうな顔で、アウラニースよりも豊かな胸を張る。

「一番意外な展開ね」

さしものアステリアもぽかんとしている。

「まったくだ」

マリウスも心の底から彼女と同感だった。

「まさかエルムにこんな才能があるなんてな」

「ご主人様、ほめてください」

エルムが抱きついてきたので受け止め、マリウスは彼女の頭を撫《な》でる。

「えらいえらい」

どこか義務的だったがエルムは満足したらしく相好を崩す。

「えへへ」

「もうちょっと早く言ってくれと言いたいところだが、魔法云々《うんぬん》の話になったのは最近だしなあ」

マリウスは叱ろうかと思ったのだが、さすがに理不尽すぎるかもしれないと考えて思いとどまる。

「言ってくだされば、私頑張りましたよ？」

エルムは彼を見上げてそう主張した。

「だろうな」

エルムは面倒なところもあるが、マリウスがやろうとしているのに拒否した事は一度もない。

「よし、頑張ろう」

とマリウスは意気込み、反復練習をして成功させる。

「できた」

「さすがね」

アステリアがにこりと笑う。

「だけど、この場はそろそろ解散って事でいいかしら？」

そしてちらりと時計を気にする。

「もうそんな時間か。仕方ないな」

マリウスは時計を見て同意した。

仕事がある面子《めんつ》はいつまでもここにとどまっていられない。

「俺の仕事は何かあるか？」

マリウスは妻に問いかける。

彼は基本自由に動く立場で大した仕事は持っていないが、今日から王都に滞在するのであれば手伝えるからだ。

「今日はないわね……あなたの仕事はどちらかと言えば、いるだけでいい事が多いから」

アステリアは微笑《ほほえ》みながら言う。

「武力とはそういうものですよ。存在しながらも、出番がない方が好ましいのです」

とマリウスに言ったのはミレーユで、長らくアステリアの武力面を担ってきた重みがその言葉にはあった。

「そういうものだと分かってはいるつもりだけど、いざやる事がないというのもなかなか困るな」

マリウスがそう漏《も》らすとアウラニースがにやりと笑う。

「オレと遊ぶという仕事があるぞ」

「断る」

「即答⁉」

あまりの早さにアウラニースは目を剥《む》く。

「せめてちょっとくらい考えたらどうなんだ？」

そして彼女は頬《ほお》を膨らませて抗議する。

「お前と遊ぶくらいなら兵士と調練とか、他にやりたい事があるからな」

マリウスの答えにアステリアはうなずいた。

「それに今はバーラ王女が弟子だしね。彼女の面倒を見てあげてね？」

彼女がそう言ったのは、マリウスは暇ではないと念押しする為だろう。

「……オレも参加する」

アウラニースは少し考えてから言う。

「えっ？」

これにはマリウスもアステリアも思わず訊き返す。

「アウラニース、必要かなあ？」

マリウスの言葉は本心を表したものだが、アウラニースはもう一度言う。

「オレも交ざる」

「まあダメとは言わないが」

彼は少し譲歩した。

どうしてもいない方がよいというのなら別だが、彼女がいて困る理由は特に思いつかなかった。

「じゃあ私も参加していいかな？」

アネットがそっと手を挙げる。

「いいよ」

「即答⁉」

マリウスの返事に、またしてもアウラニースが反応した。

「何だかオレの時とアネットの時で、違いすぎないか?」

彼女はじとっとした目でマリウスをにらむ。

「日頃の言動の違い」

マリウスが動じずに切り返すと、

「うぐ」

自覚はあるらしいアウラニースが言葉に詰まる。

「アウラニース、自覚はあるのね」

アネットが敏感に察した。

「自覚、あったんだ」

イザベラがぼそっと言ったが、多くのホルディア人の心情を代弁したものだった。

「ほっとけ!」

アウラニースは開き直っていた。

「まあアウラニースだからな」

マリウスがあきらめて言うと皆がうなずく。

バーラ、エレンですら思わず納得してしまう奇妙な説得力があった。

「じゃあ後はマリウス、任せるわね」

アステリア達は今度こそ退出して、マリウス、アネット、バーラ、エレン、アウラニースだけが残される。

「あれ、ソフィアとアイリスは？」

マリウスが訊いたのは、アウラニースのよき理解者であろう二人の女性の事だ。

「呼びましたか？」

彼の声を聞いたソフィアが扉から姿を見せる。

「必要ないなら出しゃばらないでおこうと思ったんだが」

彼女達なりに気遣おうとしたのだとアイリスの言葉で分かる。

「俺にアネット、バーラ、エレンにアウラニースだからな。人数が増えすぎた感は否定できないだろう？」

「それはおっしゃる通りですね」

マリウスの懸念をソフィアが認めた。

「どういう組み合わせが無難かしら？」

アネットが首をひねる。

「俺とバーラ、アネットとアウラニース、エレンとソフィアか？」

マリウスはひとまず思いついた組み合わせを言語化した。

「あれ、あたしは？」

当然名前が挙がらなかったアイリスが疑問を抱く。

「遊撃で、困った事がある組み合わせのところに介入するっていうのはどうだ？」

マリウスはとっさにひねり出した意見を言う。

「それだとソフィアの方が適任じゃないかな」

アイリスの返答はもっともだった。

「知識でも器用さでもソフィアの方が優れているのは事実だぞ」

アウラニースもそう言った。

「アウラニース関連は何人いてもいいような……」

と言ったのはアネットである。

「賛成だが、アウラニースはやる気になればちゃんと手加減できるからな。ソフィアに遊撃をお願いしつつ、アイリスとアウラニースがアネットと組むのはどうだろうか？」

マリウスの言葉に反対意見は出なかった。

「じゃあいったん分かれるか。部屋などは空いているところを侍女に訊けば、使わせてもらえるだろう」

先に退出したアステリアがそのへんはぬかりなく指示を出しているだろうと、マリウスは信じて疑わない。

「はーい」

それぞれ返事をして部屋を出て行き、マリウスとバーラだけが残った。

第九十五章

馴《な》染《じ》んだ魔王

二人きりになったかというとそういうわけでもなく、すぐに侍女が新しいお茶を持ってくる。それを飲んだバーラが言った。

「マリウス様、やっぱりすごいですね。先ほどの魔法」

「あれはエルムの手本が上手だった可能性が否定できないよ」

マリウスは苦笑する。

おかげで何とか面目は保てたという感情はわずかにあった。

「いいえ、お手本が同じなのに結果に差が出たわけですから」

バーラはぐいっと身を乗り出して彼の手を取る。

「やはりマリウス様は稀代の英雄であり、偉大なる魔王殺しにして、人の世の希望の星たるお方だと思います」

彼女の言葉が自然と早口になって、マリウスはついていけないものを感じた。

「ありがとう」

そう言って少し体を離す。

嫌っている、あるいは避けていると誤解されたくない気持ちはあるのだが、それでも距離を取った方がよい何かを感じたのだ。

「あ、ごめんなさい。興奮しすぎてつい」

バーラはハッとして謝る。

「いや、大丈夫だよ」

マリウスは安心させようと笑みを浮かべた。こちらの世界に来て、だいぶ鍛えられる機会があったので、ぎこちなさとは無縁の仕上がりになる。

「バーラは相当魔法が好きなんだね」

「はい。好きなものと得意なものが一致していて、とても幸せです」

にこりと笑った顔は年頃の少女らしい可愛らしさだった。

(冷静になりさえすれば、こんな可愛らしいんだな)

とマリウスは思う。

「魔法についてだけど、バーラは練習するかい？」

「はい。マリウス様が会得したコツを教えていただければ幸いです」

彼の問いにバーラは答える。

「コツか」

マリウスは少し迷ってしまった。

(あの感覚をどう言葉にして伝えればいいんだ？)

彼は割と感覚派だったのである。

「魔法を会得できそうな感覚は分かるかな？」

「はい。体の温かい光が弾けそうな感覚ですよね」

バーラは理解できるらしく、話についてきた。

「その時、頭に熱を動かして外に放出する感じだったね」

マリウスは説明する。

意識してやったのではなく、成功した時の感覚を思い出せばそうなるというものだったが、バーラには伝わったようだった。

「なるほど。私の場合は胸で弾けていたので、それが原因なのかもしれません」

納得したように彼女は繰り返しうなずく。

「もう一度やってみます」

バーラは宣言して目を閉じる。

「【ライフパーセプション】」

魔力が彼女の頭部へ集まり、そして光となって放出された。

「や、やれました！　成功です！」

彼女は目を開けて、マリウスの手を握ってはしゃぐ。

「ああ、おめでとう」

マリウスは彼女の呑み込みの早さに舌を巻きながら祝福する。

「さすがマリウス様です！」

バーラは感激して彼をほめるが、彼は受け入れなかった。

「君自身の頑張りのおかげだろう。あとはアウラニースとエルム」

　自分の力はさほどではないと彼は認識している。

「でも最後の一押しはマリウス様の助言だったので！」

「あれでよかったのか？」

　感心しているバーラとは違い、彼は自分の説明能力に懐疑的だった。

「私にとっては最高に分かりやすかったです！」

「……ならいいか」

　受け取った側がよかったと言っているのに、否定し続ける事もないだろうとマリウスは考える。

「マリウス様、せっかくですし他にも何か魔法を教えていただけませんか？」

　バーラの願い事は彼女の本来の目的に沿ったものなので、彼としても断る理由がない。

「バーラはどんな魔法が使えるんだ？　テレポートは？」

　階級的には恐らく彼女は使えるはずだと思いながらマリウスは問いかける。

「あ、私使えないんです」

「意外だな」

　マリウスは素直に思う。

「転移魔法って難易度がとても高くて、頭が変になっちゃいそうなんですけど」

バーラは残念そうに言った。

「ワープは使えたんだっけ？」

マリウスはまず確認する。

ワープも使えないなら、確かにテレポートは難易度が高すぎるのだ。

「何とか使えます」

バーラは神妙に答えた。

「それなら何とかなるかな」

マリウスは慎重に言う。彼にとっては大した違いはなかったのだが、魔力消費量や負担が増大する事は指摘されていた。

(もっとも魔力に関してはバーラなら問題ないはずだが)

彼女の実力も魔力量も十代とは思えないほどずば抜けている。

「テレポートは実際にやってみせようか？　誰か使い手はいないのか？」

「ランレオに使い手はいなかったんです」

バーラの返答にマリウスはうなずいた。

「もっとも君が使う魔法の中には、誰も使えないものもありそうだが」

合成魔法などは彼女だけしか使えないだろう。

「そうですけど、転移魔法とはまた勝手が違いますね」

彼の言いたい事を察したバーラは自分の感覚を説明する。

「そういうものなのか」

魔法ごとに適性の差が出るのだろうかとマリウスは推測した。

「俺も手探りだからな……実を言うと」

弟子にしてから言うのは反則かもしれないが、今を逃がすとさらに言いにくいと思って彼は打ち明ける。

「誰でも最初がありますから、お気になさらず」

バーラは笑顔で許容した。

「それにここだけの話ですけど、フィリップだって教えるのはどちらかと言えば下手でしたから」

「え……」

意外な事実を暴露されてマリウスは一瞬固まってしまう。

彼は思わずバーラの顔を見つめる。

「そうだったのか？」

「あくまで私にとって、の話ですけど。分かりやすいって言ってる子もいたけど少なかったような……」

バーラは視線を宙に走らせ記憶を振り返った。

「教え教わる関係にも相性があるわけか」

当然の事だが、マリウスは気づいてなかったのである。

「俺の方が教わってばかりだなと反省しているよ」

彼が率直に認めるとバーラは優しく微笑《ほほえ》む。

「教える側になってからこそ学ぶ事は多いものだ、いつか分かる日が来る、と父がかつて申していたのですが、マリウス様から改めて教わりました」

「俺が教えたというか、勝手に学んだ感はあるな」

マリウスはバーラこそ本物の天才なのだろうなと思う。

（もっとも才能で片づけたら、それこそ失礼だが）

生まれ持った素質に甘えず努力を怠らず、自分の実力に驕《おご》る事なく教えを乞うてきたからこそ、今の彼女があるのに違いない。

「君の最大の武器はその考え方かな。とても素晴らしいと思う」

前向きで柔軟な考え方こそバーラの一番の特長だとマリウスは捉え、ほめる。

「そんな事言われたのは初めてですね」

バーラはよほど驚いたのか、目を丸くして口に右手を当てる。

「誰にも言われなかったのか？」

マリウスこそ意外だった。

(この王族として型破りな性格に育ったのは、よき理解者がいたからだろうと思っていたんだが)

どうやら違っていたらしい。

「はい。変な子だと言われ続けました。幸い魔法の才能があると分かったので、すぐに自由にやらせてもらえましたが、もしそうじゃなかったらどうなっていたでしょう」

と語るバーラの表情からは、今までの快活さが消えている。

「そうだったのか」

マリウスは彼女の事を何も知らなかったなと内心ため息をついた。

ランレオは魔法大国として有名だから、魔法使いとしての才能に非常に重きを置くのだろう。バーラはたまたま破格の才能を持っていたからこそ、肯定されてきた。

(もしもこの世界に運命の神様がいるとしたら、どんな顔をしているのか)

マリウスはそう思わざるをえない。

アネット、アステリア、そしてバーラ。

三人の少女達が置かれた境遇について、一言文句を言ってやりたくもなる。

(この際俺の事はどうでもいいか)

自分の事についてはあきらめたマリウスだった。

「でも、おかげでマリウス様に出会えたのでよかったんだと思います」

バーラは誇らしげに話す。

「そうか。たくましいな」

若い女の子への形容詞としてはふさわしくないのだろうが、彼女はマリウスの言葉を喜んで受け取る。

「ありがとうございます！　この時勢ですから強く生きませんと！」

彼女は力強く答えてから笑顔を作った。

「もっともマリウス様が魔王も魔人もほとんど倒してしまいましたが」

「だといいんだけどな」

マリウスは慎重な態度を示す。

魔王はあらかた滅び、魔人も一部例外を除いて全くと言えるほど姿を見せなくなった。

「一つの時代が終わったという見方が、ランレオではありますね」

とバーラが教えてくれる。

アウラニースが人間に与《くみ》し、アシュタロスは滅び、他の有力な魔王も壊滅状態。

「魔の終焉《しゅうえん》と名づけた者もいるそうです」

「先走りすぎじゃないか？」

マリウスは楽観論を否定したい気分に駆られて答えたが、何も意地悪からではない。

(何か、見落としている気がするんだよ)

理屈も根拠もない予感のようなものなので、彼は声には出さなかった。

一体何を見落としているのか、あるいは忘れているのだろうか。

「そうかもしれませんね」

バーラはランレオの一部の人々ほど楽観的ではないらしく、マリウスの反応に同意する。

「さすがのマリウス様も世界中の魔王を倒したわけではないですしね」

「その通りだ」

マリウスはうなずいて、それから「ああ」と言った。

「確か三大魔王なんだから、もう一体アウラニースと同格がいるんじゃないか。アウラニースというか、アシュタロスと同格と言うべきか」

彼は自分で訂正する。アシュタロスは確かに強かったが、アウラニースと同等かという疑問を抱かざるをえない。

「三大魔王、最後の一角ですか。私も詳しくは知らないのですよね」

バーラは顔を少し曇らせる。アウラニース、アシュタロスと並び称される存在を軽視するわけにはいかないが、そもそも情報が少なかった。

「……今は他の話にしようか。情報収集は人に任せた方がいいだろうし」

マリウスは少し考えてから彼女に声をかける。二人だけであだこうだ言うよりも、組織的に動いた方が絶対に情報収集の効率はいいはずだった。

「御意」

バーラも賛成して話を戻す。

「転移魔法の話でしたよね？　テレポートの」

「そうだったな」

マリウスは一瞬だけ思い出すのが遅れたが、それを態度には出さずに言った。

「手本を見せようかと言っても、テレポートは既に何度も見せたよな」

と彼は言う。ランレオからホルディアに戻ってきたのも、彼の転移魔法だ。

「テレポートは手本を見ただけじゃ無理ですね」

バーラは悔しそうに肩を落とす。

「何か工夫が必要そうだね」

マリウスは言ったが、具体的な案があるわけではなかった。

ゲームの時は条件を満たせば使えるようになったので、こちらの世界のように練習は必要なかったからだ。

「マ、マリウス様はどうやって会得なさったのですか？」

バーラの質問は予期していたので、用意していた答えを返す。

「君にあったやり方を見つけないと意味がないと思うよ」

「それはそうかもしれません」

バーラはあっさりと納得したが、恐らくは彼女自身、異質な存在としてランレオで過ごした経験を持つからだろう。

「一緒に考えてみようか」

「はい！」

マリウスが優しく声をかけるとたちまち元気になる。

「これまでに試した事は？」

きっと試行錯誤を繰り返してきただろうと思い、マリウスは訊いてみた。

「んーとですね。魔法書を読みながら走ってみたり、高いところから飛んだりしました」

「高いところから？」

マリウスが目をみはるとバーラは笑って、

「飛行魔法の時はそれでいけたのです。だから転移魔法もできないかなと望みをかけたのです」

と説明する。

「なるほど」

他の魔法で会得成功したという経験があるからと言われて、マリウスは納得した。

（ジンクスみたいなものかな）

彼自身はそこまで迷信深くはない方だったが、アイテムドロップとガチャに関してはいろいろと試した覚えがある。

「マリウス様にはそういったご経験が？」

「まあ寝起きにやるといいとか、誰かが試した直後がいいとかいろいろあったな」

バーラに答えたのは半分独り言だったが、彼女にはばっちり聞こえた。

「寝起きは試した事がないですね。脳がすっきり起きてからの方がいいと、何となく思っていたのですけど」

彼女は首をかしげて、今度試してみようかしらとつぶやく。

慌《あわ》てたのはマリウスだが、彼女なりの解釈を止めるだけの理由も見当たらなかったので、考えを一部修正する。

（寝起きに試す事自体は止めなくていいか。本来の意味とは違うけど、説明できるはずがないんだから）

そう判断して、マリウスはしれっと言った。

「なら明日の朝にでも試すといいよ」

「そうします」

バーラはうなずいてから彼に問いかける。

「誰かの後というのはどういう状況なのでしょうか？」

マリウスは思わず天を仰ぎたくなった。

（聞こえていたのか）

だが、悔いてももう遅い。何とか言い訳をひねり出す必要がある。

「ああ、誰かに手本を見せてもらってという意味だよ」

ただ先ほどまでの流れのおかげで、すぐにもっともらしい言い訳を思いつけた。

「あっ、そういう事でしたか」

バーラはすぐに納得する。ほっとしたマリウスは彼女に提案した。

「転移魔法が難しいなら、他の魔法について考えてみないか？」

「そうですね。できない魔法は後でもいいかもしれません」

バーラは素直に彼の提案を受け止めた。

「と言っても、君は他の魔法はほとんど使えそうだが」

「そうでもないですよ。攻撃魔法に偏っているので」

答える彼女は照れ笑いを浮かべる。

「言われてみれば」

マリウスが振り返ってみれば、確かに彼女が使う魔法の多くは攻撃用が占めていた。

「だから回復系、実はヒールしか使えないんです」

バーラは恥ずかしそうに目を伏せながら申告する。

「意外すぎる」

マリウスはあまりの落差に目を丸くした。

（二級魔法だって使える子がヒールしか使えないとは……）

驚きが去っていくと同時に少しだけ安心もする。

超人のように思えた少女もやはり人間に過ぎず、苦手分野があったのだ。

「ご、ごめんなさい」

バーラがしゅんとして謝ったので、マリウスは慌《あわ》てて慰めた。

「謝る事じゃないよ！　得意不得意は誰にだってあるんだから」

「……でも、マリウス様にはあるのですか？」

バーラはちょっと潤んだ瞳で彼を見る。

「ああ」

マリウスは意識して堂々とうなずいた。

「防御魔法は得意じゃないんだよ」

そもそもゲームで実装されていた防御魔法の数が少なかったという理由もあるのだが、それは伏せて話す。

「そうだったのですね。意外だなあ……失礼しました」

今度はバーラが驚く番で、彼女は率直な感想を漏《も》らした後、素早く自分の口を塞《ふさ》いだ。

「いいんだよ」

マリウスは彼女を安心させようと微笑《ほほえ》む。

「バーラは防御魔法を何か使えるかい？」

そして彼女に問いかけてみた。

「私ですか？　シールド、バリア、ガード、ブロック、プロテクト、パリイの六つですね」

「すごい多いな」

マリウスは感心する。

「俺よりすごいくらいだ」

彼の言った事を冗談だと思ったのだろう、バーラは面白そうに笑った。

「そんな事ありませんよ」

彼女は素直に受け取ってくれそうにないと思い、マリウスはさらにほめる事はあきらめた。

「せっかくだし、順番に見せてくれないかな」

「はい、喜んで！」

マリウスの頼みをバーラは笑顔で引き受ける。

「【バリア】」

まず彼女は自分の前方に障壁を展開した。

「これがバリアで、自分の前方からの攻撃を防ぎます」

と彼女は説明する。

「【ガード】」

次に自分の両手に障壁を張る。

「これがガード。バリアは面を防ぐのに対して、これは点といいますか、自分の前だけしか防げません」

「バリアは味方数人を守れるんだな?」

マリウスは一応確かめた。

「はい」

バーラはうなずいて次にかかる。

「【パリイ】」

全身を柔らかなベール状の光で包む。

「これは敵の物理攻撃を受け流す為の魔法です。相手がよほどの戦士でない限りは対処が可能でしょう」

「アウラニースやアイリスみたいな?」

マリウスはからかい半分で訊いてみる。

「ま、魔王、それもすごく強い相手は反則です」

バーラは苦笑しながら抗議した。

「はは、ごめんごめん」

　マリウスは笑いながら謝る。

「アウラニースに殴られたら、魔法使いは死ぬからね」

「魔法使いじゃなくても死ぬと思うんですけど」

　彼の言葉にバーラは疑問を呈した。

「そうかもしれないいな」

　とマリウスは答える。

　アウラニースが本気で敵を殴ったらどうなるのか、彼もよく知らないのだ。

（知る機会なんて永遠に来ないでほしいけどな）

　そう思わざるをえないが、最近の情勢を考えれば無茶な願いではないだろう。

「アイリスとソフィアは生き残ったらしいけどね。あのアウラニースと戦って」

「マリウス様とあの二人と、あとはメリンダ様だけですよね。たぶん」

　マリウスの言葉に、バーラは正確を期そうとする。

「どうだろうな？」

　彼が首をひねったのは、アウラニースの性格なら気に入った者の命は奪わないのではないかと思えたからだ。

「そろそろ防御魔法に戻ろうか？」

　二人だけでは答えが出ない疑問に行き当たったと感じたので、マリウスはそう言った。

「そうですね。次はブロックをお見せしますね」

とバーラは言ってから魔法を発動させる。

「【ブロック】」

そして自分の前に石のような壁を作った。

「これは敵の攻撃を防ぐだけじゃなくて、抑え込むような効果を期待できます。ガードよりも強度は低いのですが、相手の行動を制限できるのが便利なのです」

「なるほど」

マリウスは彼女の説明に納得する。

「今度は【シールド】ですね。強度は高いのですが、守れる範囲が一番狭い魔法です」

「ふむ」

要するに盾なのだろうなとマリウスは思った。

「最後に【プロテクト】ですね」

光の壁でバーラとマリウスの全身が包まれた。

「光の壁で味方ごと守れるのです。一部状態異常を退ける力もある、最強の防御魔法です」

バーラはそう説明する。

「へえ」

状態異常対策付きは便利だなと彼は思う。

「その【プロテクト】は何級魔法なんだい？」

「三級です」

バーラは即答する。

（意外だな）

とマリウスは思った。

てっきり「アマルテイア」と同じ等級だろうと彼は思ったのだ。

「参考になりましたか？」

バーラの問いに彼は笑顔でうなずく。

「ああ。よく知っているね。大したものだ」

「ありがとうございます」

バーラは嬉しそうに微笑《ほほえ》む。

「お役に立てたら嬉しいのですけど」

「師匠が魔法を教えてもらってどうするって話だけどね」

マリウスは自嘲《じちょう》気味に笑う。

弟子を取った側が逆に教わるなんて皮肉もいいところだ。

「一人で何でもできるだなんて、メリンダ様ですら無理だったと伝承に残っているのですから、仕方ない事ではありませんか？」

対するバーラは不思議そうな顔をする。

「そうだな。一人で何でもできるというのは思い上がりだね」

マリウスにそのようなつもりはなかったのだが、無意識のうちに万能でなければいけないと思い込んでいたのかもしれない。

「もしかしたら知らず知らずのうちに、俺は傲慢《ごうまん》になっていたのかもしれないな。ありがとう、バーラ。気づかせてくれて」

マリウスは礼を言って小さく頭を下げる。

今の彼がうかつに頭を下げるのはあまりよくない事だが、今は二人きりの上にバーラも王族なのだから問題は小さい。

「いえ！　いえ！　滅相もありません！」

バーラは慌《あわ》てて力いっぱい答える。

「俺は一人じゃ大した事はできないんだ。その事を思い出したよ」

マリウスは肩の力が抜けた笑みで言った。

「大した事をなさっていると思うのですが？」

バーラは恐る恐る指摘する。

揚げ足取りのつもりはないが、何やら重大な認識の違いがあるように思えて、看過できなかったのだ。

「うん、意識の問題だよ」

マリウスは答える。

「はい、それなら」

彼が自分の気持ちを制御する為の手段なら、口を出すのは筋が違うとバーラは思う。

「じゃあ、さっそく練習させてもらうね」

と彼は言って、何度か練習して成功させた。

「おかげで会得できたみたいだ。何度も脱線してすまなかったね」

そしてマリウスは彼女に謝った。

「とっても楽しいです！」

バーラは満面の笑顔で対応する。

「魔法のお話もたくさんできましたし！　他のお話だって！」

彼女は確かに魔法が好きだが、ただそれだけの少女でもない。

「ならいいか」

マリウスも彼女が喜んでいるならと思う。

「ホルディアに来てみてどうだった？」

せっかくだからと訊いてみた。

「素敵なところですね！　活気があってご飯が美味しくて！」

バーラは満面の笑みを浮かべる。

「そうか」

来たばかりだから難しいかと訊いてから思ったのだが、どうやら彼女は早くも気に入ってくれたらしい。

「街を歩くのもいいかもしれないな」

ひたすら魔法の研鑽《けんさん》を積むというのはバーラに合っていないかもしれないと思い、マリウスは提案してみる。

(話している限り普通の女の子だもんな)

彼はそう感じるのだ。

もしもバーラが魔法の研鑽以外全く興味がない性格だったら、こんな提案はしなかっただろうが。

「ホルディア王都も興味ありますけど、地方を見て回りたいですね」

バーラは少し考えてから発言する。

「地方に?」

マリウスは意表を突かれて、まじまじと彼女を見つめた。

「ええ。どんなマジックアイテムがどんなふうに普及しているのか、興味がありまして」

「さすがに地方の一般家庭にまでは普及していないと思うよ?」

マリウスはバーラが思い違いしているのかと思って指摘する。

「あ、そうなんですね！」

バーラは知らなかったらしく驚いていた。

「値段は下げられないからね」

マリウスは苦笑する。

彼やイザベラが調達してくれれば材料費は抑えられるのだが、女王直属と言える立場で民業を破壊する事はできない。

「あ、そっか」

バーラはまた知らなかったという反応を示す。

（なるほど、こういった事には疎いのか）

マリウスは意外に思いかけたが、彼女の年齢と立場を考えれば決して不思議でもないと考え直した。

（ランレオは、バーラがそのへんを学ぶ事を期待したのかもしれないな）

彼はふとそう思いつく。

アステリアなら当然気づいているのだろうが、彼女に教わらず自分で気づけたのは成長の証ではないだろうか。

「街の市場を見て回るくらいならできると思うよ」

「それがいいです！　とても素敵です！」

マリウスの何気ない代案を聞いたバーラは目を輝かせ、ぐいっと身を乗り出す。

顔が間近になったので、彼は失礼にならないように距離を取った。

（距離が近いと思うんだが）

もしかすると変わり者扱いされて育ったせいで、他の人との距離感がよく分かっていないだけなのかもしれない。

そう考えると気の毒で、突き放す事をためらってしまうマリウスだった。

「もちろんアステリアの承認が必要になるけどね」

マリウスの言葉にバーラは何度もうなずく。

「当然ですね。許可をいただければいいのですけど！」

彼女は遠足を楽しみにしている小学生のような表情で、宙へ視線を走らせる。

（まるでトランス状態だな。そんな言葉がこの世界に存在しているのか分からないけど）

バーラの表情を見たマリウスは、一体どれだけ楽しみなんだと微笑《ほほえ》ましくなった。

「昼飯の時にでも頼んでみようか」

恐らく許可は出るだろうとマリウスは思う。

バーラならではの着想で、新しいマジックアイテム開発の手がかりが得られるかもしれないのだから。

「よろしくお願いします」

バーラは笑顔で応じる。

その後、二人はのんびりと魔法について話し合う。

「やっぱりメリンダ様はすごいですよね。ネクロマンシーなども使えたという伝承が残っているくらいですから」

というバーラの言葉にマリウスはうなずいた。

「本当にそうだね」

彼からしてもメリンダは間違いなく偉人だった。

彼女の活躍なしに今の時代は存在していないとなると、人類の母とも救世主とも言えるのではないだろうか。

「私はメリンダ様みたいになりたかったんですよね」

「分かる気がする」

マリウスはバーラの発言を肯定した。

彼だってこの世界に生まれていたなら、恐らく彼女と同様にメリンダに憧れを抱いただろう。

「ところでなぜ過去形？」

マリウスがふと疑問に思って訊くと、バーラは恥ずかしそうに目をそらす。

彼はその意味に全く気づかないほど鈍感ではなかったが、だからと言って、声に出して確かめるような性格でもない。

(まさかな)

そう思っただけだった。

「マリウス様にとっても、やはりメリンダ様は特別なのですか?」

気を取り直したバーラが彼に問いかける。

「そうだよ」

マリウスは認めた。

「できれば会ってみたかったね」

これは本心というよりは「リップサービス」に近かったが、嘘をついたわけではない。

「さすがに無理でしょうね。そんな魔法、聞いた事もありません」

バーラは冗談だと受け取ったらしく面白そうに笑う。

「だろうなあ」

マリウスだって本当に実現できるとは思わない。

「ネクロマンシーを使っても無理ですよ」

とバーラは言う。

「あまりにも昔すぎるからね」

マリウスは同意する。

メリンダが死んだのが最近だったら話は別かもしれないが。

「そもそもできるなら、アウラニースがやっている可能性がある」

とマリウスは笑みを消して指摘する。

「あ、分かります。絶対やりそう」

バーラは何度も大きくうなずいて賛成した。

「あいつがやらないなら、やっぱり不可能だね」

「決まりと思っていいですね」

アウラニースに対する奇妙な信頼を持っているという点で、二人は一致していた。

「オレを呼んだか？」

そこにアウラニース本人がやってくる。

右手にアネットを抱え、左手には飲み物を持ち、背後にアイリスを従えていた。

マリウスがアイリスに視線を向けると、彼女は申し訳なさそうに首を横に振って肩を竦《すく》める。

(自分にアウラニースを止められるはずがないって事か)

彼はすぐにあきらめて乱入者に向き直った。

「ああ。メリンダ様を復活させる魔法なんてないんだろうなという話をしていたところだ。お前がやってないんだから無理なんだろうと」

そう聞かされたアウラニースはすぐに反応せず、少し沈黙する。

「……まさか、あるのか？」

信じられないという顔になってマリウスが尋ねた。

「嘘か本当か知らないが、闇の神の力を使えばできるという情報はある。試した事はないがな」

とアウラニースは憮然《ぶぜん》として答える。

「我々には神の力を借りるなんて事はできないのでね」

アイリスが補足説明をする。

「魔王や魔人なら、闇の神とは相性がよさそうなものだが」

マリウスが率直に疑問をぶつけると、彼女は苦笑し、アウラニースは爆笑した。

「それは人間の勝手な思い込みだな！」

笑いながらアウラニースは言う。

「闇の神は人間の神であって、我ら魔の神ではないからな。区別ができていない人間は珍しくないのだが」

アイリスが説明するとマリウス、バーラ、アネットは目を丸くする。

「知りませんでした！」

「私も」

バーラとアネットが知らないのだから、自分が知らなくても当然だとマリウスは結論を出した。

「魔の神なんてオレでも見た事がないぞ？　オレ達の味方とは思えないが」

アウラニースの指摘にマリウスは考え込む。

「それだと伝承に残ってる事は期待できないね」

アネットが率直に言った。

「伝承って実話とおとぎ話がありますし、混ざっている例も多いですからね」

バーラは残念そうに話す。

「人間の作ったおとぎ話なんてオレには分からんぞ。会った事がある人間なら、ソフィアが覚えているだろうが」

アウラニースは腕組みをしながら言う。

「自分が覚えているとは言わないあたりが、実にお前らしいな」

マリウスに限らず人間達は噴き出してしまった。

覚えていない事を堂々と言い放ち、全く悪びれない姿が様になるのはアウラニースくらいではないだろうか。

「ふん」

アウラニースの返事はこれだけだった。

「ソフィアを呼ぶか？　あいつならお前達の問いに答えられると思うが」

代わりというわけではないだろうが、アイリスが案を出す。

「いや、やめておこう」

マリウスは首を横に振る。

ソフィアに遠慮したのではなく、優先順位が高い事は他にあるからだ。

「せっかくアウラニースが来たんだから、アウラニースが使える魔法について話してもらおう」

マリウスはそう言った後、アイリスを見て付け足す。

「解説はアウラニースじゃないかもしれないが」

「いつもの事だ」

アイリスの答えは淡々としていて、あきらめの境地すら過去に通り過ぎたのだろうな、とマリウス達に思わせた。

「オレの魔法なぁ……」

アウラニースは腕組みをする。

「何かないのか？　便利で人間があんまり知らないようなやつ」

マリウスは注文をつけた。

（アウラニース以外だったら無茶振りでしかないんだろうな）

と思いながら。相手がアウラニースとなると、多少の事は問題ないだろうと考えてしまい、抵抗がなくなるのだった。

「人間が知らなくて便利なやつか。人間はどんなのが便利なんだよ？」

「あっ」

アウラニースの疑問にマリウスは声を上げる。

彼女と人間では感覚が違いすぎる事を忘れていたマリウスの失態と言えるだろう。

「そうだな。ストレージの魔法はどうだ？」

「ストレージ？」

マリウスは何となく意味を想像できたが、自分が知っている単語とは違うかもしれないと思って尋ねる。

「保存用の魔法だ。狩った獲物の肉の鮮度を維持したり、あるいは焼きたてのまま保存する時に使うんだ」

アウラニースは笑顔で説明した。

「ああ、なるほど」

マリウスは納得するが、同時に確認もする。

「保存している間はずっと魔力が必要になるんじゃないか？」

「当然だろう？」

アウラニースが不思議そうに訊き返したので、マリウスは指摘した。

「普通の人間はずっと魔力を使い続けるなんてできない」

「ぬう」

アウラニースは悔しそうになったものの、反論はしてこなかった。

「そこのバーラくらいなら問題ないだろうに。普通の人間に基準を合わせるのか？」

ただ、不満は漏《も》らす。

「理想はな。確かにいきなりは難しいか」

アウラニースは意識しなくても並の魔王よりはるかに強いのだから、それよりもずっと弱い人間に対応しろという方が無茶かもしれない。

「俺が悪かった」

マリウスが非を認めると、アウラニースは鼻を鳴らす。

「まあ期待に応えられないオレにも問題があったと思うが」

「実際問題、魔力が弱い人でも使える魔法って難しいですよ」

二人謝り合ったところで、バーラが会話に入ってくる。

「私達が学んで、そこからもっと弱い人でも使える方法を考えるというのはいかがでしょうか？」

バーラの提案にマリウスはなるほどと思う。

「まずは俺達が覚えて、それを他の人に伝えるのか」

最初に彼ら、次にもう少し弱い人を挟《はさ》む事で、魔力が少ない人達にも使える魔法に変化するかもしれない。

「それはいいかもしれないいな」

「オレも賛成だな」

とアウラニースも言う。

「今お前達に伝わってる魔法全部がメリンダの使っていたものと同じとは言えないし」

「え、違うのか？」

マリウスは驚いて訊き返す。

「ああ。お前達の言う一級魔法とかは割とそのままだが、三級以下はズレてきているな」

アウラニースの言葉にアイリスが続く。

「メリンダは素晴らしい魔法使いだった。普通の人間じゃあの魔法を再現できなくても、仕方ない事だぞ」

「それはそうかも」

バーラが悔しそうにうつむきながら認める。

「でも、だからこそ一歩でもメリンダ様に近づきたいの」

彼女は顔を上げてじっとアウラニースを見つめた。

「お願いできる？　アウラニース」

「いいだろう。お前はマリウスの次くらいに見どころがありそうだからな」

アウラニースは意外にあっさりと引き受ける。

「お前とマリウスの二人に伝授するというのは楽しいかもしれない」

彼女は機嫌よさそうにニコリと笑った。

「俺も伝授されるのか。やるけども」

とマリウスは答えた。

「マリウス様もですか？」

バーラは驚いたように彼を見る。

「ああ。さらに魔法を覚えて今より成長できるなら、断る理由がない」

マリウスは即答した。

「すごい貪欲なのですね……今でも最強なのに」

バーラは心を打たれたように、彼を熱く見つめる。

「アウラニース以上の脅威はないと思いたいけど、備えはあった方がいいからね」

マリウスはそう言った。

「アウラニース様を超える力なんて出てきたら、この世界が滅びるぞ？」

アイリスが呆《あき》れた声を出す。

「それは俺もちょっと思う」

彼は同意する。

「我ながら考えすぎだな」

「いいじゃないか！」

しかし、アウラニースは彼の意思を肯定した。

「現在最強だからと手を抜かず、向上心を持ってさらに己を磨こうとするなんて、さすがマリウス！　オレが認めた男！　最高じゃないか！」

アウラニースは興奮して早口でしゃべる。

「何かいきなりすごい評価が始まったんだが」

マリウスとしては困惑せざるをえない。

「え、マリウス様くらいお強くて、さらに向上心を持つなんて普通はできないですよ？」

バーラは不思議そうな視線を彼に向ける。

「そうなのか？」

「そうなのです！」

バーラは力強く言い切った。

「否定はしない」

アイリスまでもが同調したので、マリウスはそういうものかと受け止める事にする。

「で、向上心のある俺にアウラニースは何を教えてくれるんだ？」

やや開き直りながら彼は問いかける。

「マリウスが苦手そうな分野を強化するというのはどうだ？」

アウラニースの提案にマリウスはうなずいた。

「得意分野を強化するか、苦手分野を克服するかの二択だもんな」

今のところ得意分野をさらに鍛える理由は思いつかない為、自然と選択肢は一つしかなくなる。

「俺が苦手なのは接近戦と防御魔法になるかな」

と彼は自己申告した。

「接近戦が得意な魔法使いは思いつかないからなー」

アウラニースはそう言って笑う。

「オレかアイリスがぶん殴ったら皆死ぬからな」

「魔法使いじゃなくても、あなた達に殴られたら死ぬのでは？」

彼女に対し、バーラが首をかしげつつ冷静な意見を述べる。

「違いない」

マリウスはよく言ったとバーラを見ながら笑った。

「そんなお前達の為の魔法を知っているぞ」

アウラニースは咳払《せきばら》いをして話を続ける。

どうしても言いたい事があるらしいと感じ、マリウスは彼女に視線を戻す。

「聞こう」

「カタフラクトという魔法でな、防御魔法と身体強化魔法の性質を兼ね備えている。貧弱な魔法使いには便利だろう。マリウスほど回避に長《た》けていれば、あまり使う機会はないかもしれないが」

「覚えておいて損はなさそうだな」

マリウスは乗り気になった。

「私も気になりました！」

バーラは右手を元気よく挙げて主張する。

「そうだろう、そうだろう！」

アウラニースは嬉しそうに言って、腕まくりの仕草をした。

「じゃあさっそく手本を見せてやろう。【カタフラクト】」

彼女が魔法を唱えると、白い鎧のようなものが彼女の全身を包む。

「これでばっちりというわけだ」

「魔法攻撃に対してはどうなんだ？　威力を緩和できるのか？」

とマリウスが彼女に問いかける。

「そんな効果はない！」

アウラニースは笑顔で言い切った。

「ないんだ」

バーラは苦笑を堪《こら》える顔でつぶやく。

「笑顔で言うなよ」

マリウスは噴き出してしまう。

「魔法攻撃に対応するなら、素直にマジックシールドを使うんだな」

アウラニースは笑われたのが心外そうな顔で答える。

「それはそうかもしれないが」

「いっそ、複数の効果を持ち合わせた新魔法に挑戦というのはどうでしょう！」

バーラは手を叩いて大胆な提案を行う。

「一朝一夕でできるものじゃないぞ」

マリウスは意表を突かれて彼女の顔を見つめる。

「もちろん承知しています」

バーラは落ち着いていた。

「ですが、さらなる上をとなると選択肢に入ってくるのではないでしょうか」

彼女の真剣なまなざしから、単なる思い付きで言っているわけではないと、マリウスは感じ取る。

「それは否定できないな」

彼女の主張に理がある事をマリウスは認めた。

そもそも彼だって新しい事に挑戦したいという気持ちがないわけではない。

「……やってみるか」

少しの間を置いて彼は乗り気になる。

「特に制限と言うか、やってはいけない事でもないしね」

「特級魔法ですと難しいでしょうけど、防御魔法なら障害は少なそうですね」

マリウスの言いたい事を察したバーラが同意した。

「制限？　特級？」

アウラニースが不思議そうな顔をしたのでバーラが説明する。

「特級魔法は扱いが難しいのよ。禁呪とも呼ばれていて、覚えるのも使用するのにも理由が必要になるの」

「マリウスは普通に使っていたはずだが」

アイリスが不思議そうに首をかしげ、マリウスはそっと目をそらした。

「魔王と戦ってたんだから何の問題もないはずよ」

バーラが笑いながら答えた。

「そりゃそうか」

アイリスはあっさりと納得する。

「オレとの戦いで死力を尽くすなとほざく馬鹿は、そうザラにはいないだろうよ」

アウラニースは偉そうにふんぞり返った。

（ここでそんな態度になるあたり、実にこいつらしいな）

マリウスは笑いながら言った。

「さっそくやってみるか。【カタフラクト】」

魔法は無事に発動する。

「消費魔力量は一級相当か」

彼がそう言うとアウラニースがうなずく。

「大体そんなところだろ。お前達が言う等級はよく分からんが、使う魔力の多さで言うならな」

「一級魔法ですか。強そうだったから仕方ありませんね」

バーラの顔が少し曇ったのでマリウスが彼女に訊いた。

「そろそろ魔力切れか？」

全く気にする必要がない彼が規格外すぎるだけで、普通の魔法使いにとって、魔力切れは切っても切れない宿命みたいなものである。

「いえ、まだ余裕はあります」

バーラは首を小さく振った。

「ただ、何度も練習する余裕はないでしょうね。詠唱なしだとどうしても消費する魔力が大きくなってしまうので」

「詠唱か。ああ、人間はそうだったか」

アウラニースは何かに気づいたように、バーラとマリウスの顔を見比べる。

「マリウス基準で考えていたから忘れていた」

彼女はそう言って手を叩く。

「マリウス様を基準には、さすがにちょっと」

バーラは苦笑した。

「俺の前はたぶんメリンダ様だろうしな」

マリウスが言うとアウラニースはうなずく。

「お前やメリンダは何とでもできそうだから。もっとも魔力量で言えば恐らくマリウスの方が多いと思うが」

「そうなのか？」

マリウスは意外に思った。

「アウラニースや多くの魔王を封印したという伝説が残っているくらいだから、魔力量も相当すごかったんだろうと思っていたんだが」

「人間にしてはすごかったのは確かだ」

とアウラニースは言う。

「そこのバーラよりはずっと多かったと断言できるな」

アイリスが横から口を挟《はさ》む。

「ですよね」

バーラは当然の事だと納得している。

「魔力ってどうやったら増やせるでしょうか?」

そして彼女は三人に疑問を投げた。

「今のままでも充分な気がするんだけど」

マリウスは困惑して答える。

「まだまだ伸びてるからな。焦《あせ》る必要はないだろう」

アウラニースも断言した。

「は、はい」

バーラは二人に言われて残念そうに引き下がる。

「向上心はすごいけどね」

さっきのお返しだとばかりにマリウスが彼女をほめた。

「ありがとうございます」

バーラは恐縮しながら受け止める。

「とは言ったものの、俺も気になるな。アウラニースは何か知っているか?」

マリウスが訊くとアウラニースは考え込む。

「オレは勝手に魔力が増えていたからな。特別な事をした覚えはないんだが」

「……訊く相手を間違えたな」

マリウスは頭を振ってアイリスに視線を移す。

「私に訊くな。物知りなのはソフィアの方だ」

アイリスは悪びれずに答えた。

「そうか」

マリウスはそっと息を吐いて、アウラニースに抱えられたままのアネットに目をやる。

「そろそろ下ろしてやってくれないか?」

「おっと、そうだった」

久しぶりに地面に着地したアネットはほっと息を吐く。

「アネット様、アウラニースと仲がいいのですか?」

バーラが興味深そうに彼女に話しかける。

「うーん、仲がいいとはちょっと違う気がする」

アネットは微笑を浮かべながら首をひねった。

「え、仲よしだろ？」

アウラニースは不満そうにアネットに言う。

「そうなんだ」

アネットは少し目を丸くした。

「そうだ、女子会しようぜ、女子会」

アウラニースは不意にそんな事を言い出す。

「女子会？」

不思議そうな顔をするバーラに対し、彼女は獲物を見つけた猫のような顔で見る。

「バーラも資格はあるよなぁ。一緒に遊ぼうぜ」

バーラは困惑し、助けを求めるようにマリウスに視線を送った。

「まあ変な事にはならないはずだよ。意外と」

マリウスの言葉にアネットとアイリスが噴き出す。

「意外とは余計だ」

アウラニースが口を尖《とが》らせて彼に抗議する。

「女子会だと俺は参加できないんだよ。女の子限定の集まりだから」

マリウスが説明すると、バーラはなるほどとうなずく。

「ソフィアに頼んでおけば大丈夫だろう」

彼の発言にアウラニースが眉をぴくりと動かす。

「前から思っていたが、マリウスはオレよりソフィアの事を高く評価しているんじゃないのか？」

「うん、そうだよ」

マリウスが真顔で肯定したからか、アウラニースは一瞬固まる。

「くっ、最大の敵はソフィアだったか」

彼女は悔しそうにうなった。

「その理屈を適用するなら、たぶんアネットとアステリアが上になると思うぞ」

マリウスは微笑《ほほえ》みながら訂正する。

「おのれ……」

アウラニースは地団駄を踏んで悔しがるが、二歳児が一人遊びをしているような空気が醸し出されており、その場にいる全員が微笑ましい目で彼女を見守った。

「アウラニースのこういうところ可愛いよね」

アネットが言うとバーラが感心する。

「アネット様、すごいですよね。アウラニースを可愛いで片づけてしまうだなんて」

「そうかしら？」

アネットは彼女の評価に首をかしげた。

「俺達の中で一番の大物は実はアネットかもしれない」

マリウスは悪ふざけのつもりで言ったのだが、バーラは額面通りに受け取ってしまう。

「た、確かにそうかもしれません」

「もう、マリウス」

アネットは困った顔をして夫をたしなめる。

「バーラ様が勘違いしちゃうでしょう」

二人でのじゃれ合いならともかく、純真なバーラをひっかけた事は看過できないと彼女の瞳が言っていた。

「ごめんよ」

マリウスは謝ったものの、アネットが大物である事自体は訂正しようとしない。

「アネットがすごい奴なのは否定できないが」

とアイリスが言う。

「え、そうかな？」

マリウスが言っても冗談だと聞き流すアネットも、彼女に言われたとなると少しは真面目に受け止めてしまう。

「すごいですよ？　何を言ってるのですか？」

バーラが驚き半分、呆《あき》れ半分でアネットを見る。

そしてハッとして、慌《あわ》てて自分の口を押さえて頭を下げた。

「申し訳ありません！　無礼な発言を！　お許しください」

「えっと、大丈夫だよ？　怒っていないから」

アネットは困惑しつつ彼女を許す。

「傍《はた》から見たらアネットって、俺の同類にしか思えないんじゃないかな」

とマリウスが指摘する。

「うん、そんな風に思っちゃった」

アネットは今更ながら自覚したようだった。

「思えば随分と遠くに来たよな。今言う事じゃないけど」

マリウスが言うと、彼女は笑う。

「そうかもしれないね。でも、それがマリウスらしいって私は思うな」

透明感のある天使の笑顔があるとすれば、今の彼女がそうだ。

マリウスは心の底から思う。

「オレは空気を読まずに割り込むぞ？」

二人の間にアウラニースが端正な顔を突っ込む。

「え、今せっかくいい感じだったのに」

バーラが抗議の声を上げるが、彼女が聞くはずがない。

「ふふん。邪魔されるのが嫌なら、オレの前でやるなというものなのだ」

アウラニースは反省するどころか得意そうな顔をする始末だった。

「アウラニースだからな」

とマリウスが言うと、

「アウラニースだもんね」

アネットも同意する。

「納得した⁉　悔しがらずに⁉」

アウラニースは当てが外れたと愕然《がくぜん》とした。

「お前とはそれなりに長いつき合い……でもないけど、濃いつき合いになっているからな」

マリウスは一部発言を自分で修正する。

アウラニースと交流を持つようになって、実のところ、長い年月が経ったとはとても言えないと気づいたので。

「だね。知り合ってまだそんな時間経ってないんだっけ」

アネットも言われてみれば、と目を丸くする。

「アウラニース様は馴染《なじ》みまくってるからな。受け入れているお前達は大したものだ」

とアイリスは彼らを評価した。

「アウラニースと人間が馴染むって、言葉にすればすごい事なんですよね。こうして目の前で見ていると違和感がないのですけど」

とバーラは自らの感想を告げる。

「人間ってたくましいよなと感心するよ。アウラニース様が気に入ったのも理解できる」

アイリスは本気で思っているようだった。

「うん、人間のたくましさはオレのにらんだ通りだったな」

とアウラニースが胸を張る。

「ちょっと声が上ずったぞ、アウラニース」

「くっ、この野郎」

マリウスがからかうと、彼女は悔しそうに拳《こぶし》を震わせた。

それを見た一同からは笑いが起こったのだった。

第九十六章　魔法戦

昼食の場では、本日の成果を報告し合う形になった。

「シールド、バリア、ガード、ブロック、プロテクト、パリイ。アウラニースに教わったカタフラクトも覚えたよ」

と最初にマリウスが言う。

「私はあんまり覚えられなかったですね」

バーラが残念そうに報告する。

「私もです」

ミレーユも彼女と同じようなものだと告げた。

「……マリウスが一番強くなったというオチだなんてね」

全員の言葉をまとめたアステリアが苦笑をこぼす。

「お茶を飲んでいたら噴いていたかもしれないわ」

「オレもさすがにマリウスが一番多く新しい魔法を覚えるとは思わなかったな。底なしか？」

アウラニースが彼女に同調する。

「一般的には使える魔法が多い者ほど、新しく魔法を覚えるのは難しくなるものですが、マリウス様は例外という事でしょうか？」

ソフィアも首をかしげた。

（そうだったのか……）

マリウスは知らなかったと内心驚く。

「それならミレーユも厳しいんじゃない？」

「ええ。昔と比べれば」

アステリアに話を振られて、彼女の背後に控えるミレーユは悔しそうに言った。

「マリウス様がバケモノなだけなんだね」

とイザベラが彼のカップにお茶を注ぎながら言った。

「否定できないけど、もう少し言い方を考えてくれないかな」

マリウスは苦笑で応じる。遠慮がない物言いはイザベラの特徴で、無理に改めなくてもいいと思うからこそ、強くはとがめずに注文を出す。

「傑物、規格外、英雄とありますが、どれがお好みでしょうか？」

イザベラはにやりと笑いながら切り返した。

「うーん、自分で選ぶのか？」

マリウスは複雑な顔をする。自分で自分の呼ばれ方を決める事は、彼には難しい。

「国民に募集をかけてみる？」

アステリアがここで提案した。

「改めて募るのも何だか恥ずかしいから、やめてもらいたい」

マリウスは複雑な顔をして妻に言う。

「それもそうね」

彼女はあっさりと引き下がる。

無理して決めるようなものではないという意識なので、本人が乗り気でないならやる理由もなかった。

「そもそもマリウス、既にいろんな呼ばれ方しているんじゃない？」

アネットが首をかしげてアステリアに訊く。

「気にした事はなかったわね」

彼女は一応は知っているのだが、注意して把握していたわけではない。

「何なら情報提供させましょうか？」

アステリアが言いたいのは、臣下に訊けば知っているだろうという事だ。

「そこまでする必要はないよ」

マリウスは笑って首を横に振る。

「私、知ってますけど」

ぬっ、という擬音語がつきそうな現れ方をしたエルムが右手を挙げた。

「言わなくて大丈夫だ」

マリウスが他の者より先回りして制止する。

「はぁい」

エルムは首を竦《すく》める。

「マリウスは照れ屋なんだな。人間どもは他人を称えるのが好きなんだから、受け取ればいいのに」

アウラニースは不思議そうだった。

「お前はそう思うんだろうな」

彼女の性格をそれなりに知っているつもりのマリウスは、他に言うべき言葉が思いつかない。

「俺だけ強くなっても意味がない気がするし、後進を育てられるようにならないとな」

とマリウスは言い、アステリアはうなずく。

「マリウスがこれ以上強くなって、何と戦うのって話だものね」

アネットが言うと場に笑いが起こった。

唯一笑わなかったアウラニースが自分の顔を指さす。

「オレと再戦するという道があるぞ」

「それは断る」

マリウスが即答すると彼女はむくれた。

「いつも即答じゃないか！」

アウラニースは子供のような顔で抗議する。

「アウラニースとは二度と戦いたくないんだよなあ」

マリウスが言ったのは掛け値なしの本音だった。

「オレは毎日戦いたいぞ！」

「アウラニースと毎日戦ったら倒れるぞ」

マリウスはげんなりした顔になる。

「マリウス様は、体力は普通の人間と同じですからね。アウラニース様はうっかり忘れているようですが」

とソフィアが言うと、

「あっ」

アウラニースはポンと手を叩く。

「そうだったな。忘れてた」

彼女は本気で忘れていたと自分で認めた。

「マリウスが強すぎるからですね」

アイリスは彼女の立場に寄り添って言う。

「そうだぞ。それだけ強いならもう一戦くらいいいじゃないか？　ちょっとだけ」

アウラニースは手を合わせて拝むようにお願いする。

「うーん」

マリウスとしては思案どころだった。しつこいと切り捨てるのは少しためらわれる。いつもならそろそろあきらめてくれるところだからだ。

(ずっとダメだと言い続けているからな……そろそろフラストレーションが溜まってきているのかもしれない)

となると、いつか不満が爆発する可能性もある。

アウラニースが爆発したら何が起こるのかと、想像するだけで恐ろしい。

「ちょっとくらいならいいか」

マリウスが言うと全員が驚いて彼を見る。いや、唯一の例外はアウラニースで、彼女は歓喜で顔中を満たしながら、身を乗り出した。

「本当か!?　やっぱり撤回するはナシだぞ」

懇願するようにマリウスに詰め寄る。

「撤回はしないが条件はつけたい。体力がもたないからな」

と彼が要求すると、アウラニースはうなった。

「ぐぬぬ……」

彼女は葛藤したが、長くはなかった。

「分かった。またおあずけにされても困る。大抵の事は呑もうじゃないか」

アウラニースとしてはマリウスの気が変わるのを避けたかったらしく、要求を呑む姿勢を見せる。

「皆の前でやる事。そして今回は魔法勝負にする事」

「いい考えね！」

マリウスの発言を聞いたアステリアが真っ先に賛成した。

「お手本を実戦形式で見られるのだから、悪い話じゃないはずよ」

彼女が向けた視線の先にはバーラとミレーユがいる。

「確かに！　マリウス様対アウラニースの戦いを、この目で間近に見られるのは最高に幸せです！」

とバーラがうっとりとした顔で言った。

何かズレていないかとミレーユは思いながら、小さくうなずく。

「私も異論はありません。勉強させていただきます」

「決まりかな」

主要な面子《めんつ》が全員賛成だったので、マリウスが言った。

「まさかの再戦か。仕事がなければ見たかったわ」

アステリアは残念そうにつぶやく。

「私も無理だなぁ」

イザベラも皆が意外に思うほど落胆する。

「アウラニースがまた負けるのをこの目で見たかった」

「お？　煽《あお》りか？」

アウラニースがそう言って、バーラはひやっとしたのだが、別に彼女は怒っていなかった。

「うん。マリウス様に『連敗ニース』にされるのが楽しみ」

それが分かっているのか、イザベラは怯《おび》えずニヤリとする。

「連敗ニースっ」

アステリアとアネットが揃《そろ》って噴き出した。

ソフィアとアイリスも横を向いて必死に笑い声を殺している。

「ぬぬぬ」

アウラニースはうなったが、やはり怒らなかった。

「次は勝って、一勝一敗にしてやる！」

ただしやる気に燃えた目でマリウスを見つめてくる。

受けて立つと言うのは何か違うと思った彼は、

「頑張ってくれ」

と励ます事にした。

「他人事!?」

アウラニースは予想外の返しに面食らう。

「うん？　嫌味な言い方になってしまうな」

マリウスは、自分の言葉が意図したのとは違う聞こえ方がすると首をかしげる。

「アウラニース相手じゃどうしてもそうなると思うよ」

とアネットが言う。

「アウラニース相手に気にしなくてもいいんじゃない？」

アステリアも言った。

「君は辛辣《しんらつ》だな」

元々彼女は毒舌家の気配があったなとマリウスは苦笑する。

「ふん、まあ確かに遠慮は無用だが」

アウラニースはむしろ機嫌がよさそうに言いながら立ち上がった。

「うだうだ話していても仕方ない。やろうぜ？」

「悪いな、食後しばらくは運動を控えているんだ」

アウラニースの誘いをマリウスは断る。

「くっ……ここまで来て、焦《じ》らす必要はないだろう？」

彼女は納得できないと床を軽く蹴った。

被害が生じなかったのは、彼女がきちんと加減をしたおかげだろう。

「いや、焦らしているわけじゃないよ。体調的な理由だ」

　マリウスは首を振って否定し、理由を話す。

「どうせなら体調がいい俺と戦いたいだろう？」

　彼が問いかけると、

「それはその通りだな！」

　アウラニースはあっさり同意して引き下がる。

「食べた直後に運動するとお腹痛くなるもんね」

　イザベラが言うと、彼女は同情した。

「人間って不便な生き物なんだな」

「そうだぞ？」

　マリウスが真顔で言い切ると、アウラニースは複雑そうな表情になる。

「事実ではあるんだろうが、マリウスに言われると説得力が消えてしまう気がする」

「どれだけ俺の事を評価しているんだ？　俺はあくまでも人間だぞ」

　彼は必要を感じて力説したが、同意する気配はアネットからしか生まれなかった。

「味方が一人だけだと……？」

　マリウスは呆然《ぼうぜん》とする。

「あなたは偉大すぎてね。ただの人間だと言われても、頭では理解しているけど、心が納得しないってところかしら」

アステリアが苦笑したが、自分への戒めが交じっていた。

「そんなものかな」

マリウスは言ったが、メリンダの伝説を思い起こして納得する。

自分がメリンダと同格だと思われている事については、まだ実感はあまりないのだが。

「私が知り合ったのは、本当に前だからそうは思わないんだけど、そうじゃなかったら難しかったと思う」

アネットは自分の事情を振り返り、アステリアの気持ちも分かると表明する。

「なるほど」

知り合う時期というのは大事かもしれないとマリウスは思う。

もしも時期がズレていたら、ここにいる顔触れも変わっていたかもしれないというのはありえる事だ。

(もしも、パラレルワールドの世界か)

想像しようとしたところで、マリウスの脳の働きは自動的に止まってしまう。

アネットもアステリアもミレーユもイザベラも、バーラ達もいない世界というのは違和感が大きすぎる。

「出会い方が違っていればメリンダは死ななかったかな?」

アウラニースが首をかしげた。

「そんなわけないだろう。人間は寿命で死ぬんだよ」

マリウスはすかさず切り込む。

「人間のポンコツめ」

アウラニースは不満を彼にぶつけてくる。

「え、俺が怒られるのか？」

マリウスはきょとんとして彼女を見つめた。

「今のは理不尽ですね。理不尽ニース！」

イザベラが横から茶化す。

「アウラニースは大体理不尽だけどな」

マリウスが合いの手を入れる。

「否定できませんね」

ソフィアが同意したので、アウラニースの意識は彼女に移った。

「おいソフィア、お前最近オレの敵に回る事が多くないか？」

「気のせいでしょう」

ソフィアは表情を全く動かさずに言い切り、アウラニースを見つめ返す。

あまりにも堂々とした態度だったので、アウラニースはそうかな、と言って追及はしなくなった。

(丸め込まれているな)

とマリウスは思ったが、指摘したりはしない。

誰もが何となく言葉を選んだせいで、場には沈黙が落ちる。

そこで口を開いたのはバーラだった。

「私もできればアウラニースと戦ってみたいなと思うんですけど」

彼女は最初にマリウス、次にアウラニース、最後にアステリアを見る。

「アウラニースと?」

「本気かい?」

アステリアとマリウスがそれぞれ反応を示す。

「はい」

バーラは勇気を出した子供のような顔で尋ねる。

「ダメでしょうか?」

「いいじゃないか! 望むところだ!」

アウラニースは大いに喜び賛成に回る。

「残念だがお前に決定権はないぞ」

マリウスがはっきりと言う。

「なん、だと……」

アウラニースは愕然《がくぜん》として目を見開いた。

「どうする、アステリア？」

マリウスは決定権を持つ妻に判断を仰ぐ。

「いいんじゃない？　アウラニースは手加減について信用できそうだし、あなたがいれば万が一の事故も防げるでしょう」

アステリアは許可を出す。

「本当か⁉」

最も喜んだのはアウラニースだった。

「ありがとうございます！」

バーラも彼女に負けない喜びを全身にみなぎらせる。

「アウラニースと戦いたいとは、怖いもの知らずと言いたいところだが」

マリウスはそこまで言ってそっとため息をついた。

「それだけ勉強熱心という事か」

この言葉は小さく独り言化したものの、近くにいたアステリア達には届いたし、聞いたミレーユがハッとする。

「アステリア様、私も挑戦してみたいです」

そして主君に願い出た。

「ミレーユも？」

アステリアは戸惑ったが、すぐにうなずく。

「いいわね。止められないわ。アウラニースはどうかしら？」

彼女の問いにアウラニースは笑顔で答える。

「むろん構わない！　二対一でもいいくらいだぞ」

「むしろ二対一の方がいいんじゃないか？」

マリウスはそう口を出した。

「一対一じゃどれだけ加減されても相手にならないでしょうし……二対一なら相手になるとは言えませんけど」

バーラの遠慮がちな言葉にミレーユは同意する。

「相手はアウラニースですからね。マリウス様やメリンダ様ならいざ知らず、普通の人間では無理です」

そう言った後に、

「だからこそ挑戦のし甲斐《がい》があるのですが」

彼女は闘志を前面に押し出す。

「その通りです！　同意ですよ、ミレーユ様！」

バーラは我が意を得たとばかりに全力で賛成する。

しかし言われたミレーユは困惑した。

「あの、バーラ様。私には敬称も敬語は必要ないのですが」

バーラは王族で、マリウスの弟子でもある以上、彼女の上位者に当たる。

「ああ、そうなのですか？　ではミレーユと呼ぶわね！」

バーラは明朗に応じる。

「はい」

ミレーユはホッとしていた。

（生真面目な性格だから、上位者に敬語を使われるのは落ち着かなかったんだろうな）

とマリウスは予想する。

「ふふふ」

アウラニースが不意に笑いをこぼす。

「最近退屈だったが、今日はいい日になりそうだ」

何も知らない人が言葉と発言者だけ見れば、不穏さしか感じなかっただろう。

しかし、目の前でアウラニースの様子を見ている者達からすれば、欲しかった玩具をようやく買い与えられた幼児だとしか思えない。

「ずっといい子だったんだから、たまにはご褒美もあっていいだろう」

マリウスは冗談半分に言ったのだが、アウラニースは機嫌よくうなずいた。

「うむ！　やはりマリウスは話せる男だな」

何の不満もないらしい様子に、そっとアネットとアステリアが視線を交わす。

（それでいいの？　アウラニース）

という思いが彼女達にはあるのだが、満足そうな顔を見ると、改めて確かめるのも野暮に思えるのだった。

（アウラニースって単純なのかしら？）

バーラは思ったが、ギリギリで声には出さなかった。

声に出していれば、場にいる全員が単純だよと答えていただろう。

アウラニースとはそういう存在である。

「なあ、そろそろいいか？」

そして彼女は再びマリウスに尋ねた。

「そうだな」

食後三十分は既に経過したと判断し、マリウスは立ち上がった。

「魔法のみとは言え、一応あの結界は展開してくれよ？」

彼は移動しながら彼女に頼む。

「分かっている。オレとマリウスの魔力がぶつかり合ったら、城の一つくらい簡単に吹き飛びそうだからな」

アウラニースはからからと笑うが、人間達は笑えなかった。

「あの二人なら、本当にお城一つくらいは吹き飛ぶよね？」

アネットがひそひそ声でアステリアに話しかける。

「聞いた情報からすれば、お城一つですめば被害は軽い方よね」

彼女もアネットにひそひそ声で応じた。

両者ともにそのあたりをわきまえているのが、周囲の者達にとっての幸いだろう。

「さあ、あなた達も行ったら？」

アステリアがアネットやバーラを促す。

「そうだね」

「はい！」

アネットは落ち着いた様子で、バーラは遊ぶ事を待ちきれない子供のような顔つきで、マリウス達の後に続く。

「魔法戦だとやはりマリウス様の方がお強いでしょうか？」

バーラが小声でアネットに問いかける。

「どうかな」

彼女は微笑《ほほえ》みながら疑問で返す。

「アウラニースが一番得意なのは接近戦らしいけど、他も全部強くて隙がないのがアウラニースじゃないかな」

アネットはマリウスから教えられた事と、自分の推測を交えて話す。

「すごい……どうやってマリウス様は勝ったんですか？」

バーラは驚いてあんぐり開いた自分の口を、とっさに手で隠した。

「マリウスだから勝った、という感じかな」

アネットは答えになってないなと思いながら返答する。

「は、はあ」

バーラは予想通り困惑した。

「今日見れば分かるんじゃないかな」

とアネットは優しく言う。

彼女は別に意図してバーラをけむに巻こうとしているわけではない。

どう言えば伝わるのか、適切な言葉を見つけられないのだ。

「はい、楽しみです」

とバーラは目をきらきら輝かせる。

マリウス対アウラニースを見世物扱いしても許されてしまう愛嬌《あいきょう》を、彼女から感じたアネットだった。

その二人の後にミレーユ、アイリス、ソフィアが黙って続く。

「人間の参考になるのかね」

と思いきや、アイリスが口を開いた。

「なるでしょう。ミレーユもバーラも、観察眼も向上心も大したものですから。人間が発展する二つの原動力ですよ」

ソフィアが答える。

「ふむ。お前もアウラニース様ほどじゃないにせよ、人間を評価しているよな」

アイリスの言葉に、そうだったのかとミレーユは思う。

「ええ。だからこそかつて仕掛けたのですが、アステリアの強靭《きょうじん》で柔軟な態度には驚かされました」

ソフィアの言葉にミレーユは一瞬だけ肩を動かす。

「あなたはまだ許していないのですか？」

目敏《めざと》く気づいたソフィアに訊かれ、ミレーユは振り向く。

「長い目で見るならお前達と和解したのは最善だと思っている」

「……これが人の強さというものですよ、アイリス」

「大したもんだな」

アイリスはうなずいてミレーユを認める。

先行していたマリウス達は城の庭に出たところで止まり、彼女達を待っていた。

「さて、じゃあいつものやつだ」

アウラニースは【グレイプニル】を発動させる。

「これならよほどの事がない限り、壊れないからな」

彼女の言葉にバーラがきょろきょろした。

「結界ですか？　すごいですね」

「マリウス様に壊されましたが」

ミレーユがぼそりと言う。

「壊されたんだ」

バーラは喜色を浮かべてマリウスを見つめる。

「あれには驚きましたね」

とソフィアが言った。

「破壊できる人間がいるとはな。そもそもアウラニース様と戦える人間が、メリンダ以外にいた事がすごいんだが」

アイリスも改めて感嘆する。

「それは私も思う」

とバーラは言った。

そっと顔をそむけたのは、表情を維持するのが苦しくなったからだ。

(どうしよう。今まで必死に我慢していたのに)

だらしなく緩む表情はフィリップや父王に注意された事がある。

「バーラ？　どうかしたか？」

マリウスが声をかけると、彼女はびくっと体を震わせ、必死に取り繕った。

「いいえ、何でもありません」

何とか平常心を立て直して彼を見る。

「ならいいんだが」

マリウスは怪訝《けげん》そうにしながらも、意識をアウラニースに戻した。

「じゃあさっそく始めようか」

と彼女に声をかける。

「おう！　【ファイア】」

アウラニースはいきなり魔法を撃ち、燃え盛る白い火の弾が七つ、マリウスに向かって殺到する。

「【アクア】」

マリウスは水の弾雨で迎え撃ち、全てを相殺した。

「すごい！」

バーラは目を丸くして息を呑む。

卓越した魔法使いである彼女には、今の攻防のすごさが理解できる。

「二人とも次元が違いすぎますね」

とミレーユは彼らを凝視しながら話す。

「あれ、三級魔法並みの威力ですものね」

バーラが彼女に共感を示した。

「【サンダー】」

アウラニースが再び魔法を唱える。

今度は雷の槍《やり》で、十五本がマリウスの前、左右、頭上の四方向から殺到した。

「【サンダー】」

マリウスは同じ魔法で迎撃し、再び全てを相殺する。

「すごい」

バーラが再び感動した。

「アウラニースの魔法、飛来するのがあれだけ速いのに間に合うところがすごいですね」

ミレーユの言葉に彼女は大きくうなずく。

「私では恐らく防御が間に合いません」

バーラはそう話した。

魔法使いの実力は、単に魔法の威力や使える魔法の数だけでは決まらない。

詠唱速度、発動して効果が現れるまでの早さも加味される。

「私では反応すら間に合う自信がありません」

とミレーユは言った。

「何か参考になればと思ったけれど、これは難しそう。というか、心が折れちゃいそう」

バーラはつぶやく。

後半の弱音は意識して声量を落としたので、すぐそばに立っているミレーユにしか聞こえなかった。

「私は慣れてしまいましたが、それでも踏ん張らないと厳しいです」

ミレーユは彼女をそっと慰める。

「……ええ、そうね」

バーラは同意すると同時に、ミレーユを少しまぶしそうな目で見上げた。

恐らくミレーユ自身は気づいていないのだろうが、その心の強さはバーラから見て評価できるものだった。

(環境の違いなんでしょうけど)

バーラが知りえた限りでは、ミレーユはアステリア王が不遇な時代から付き従い、共に苦労を乗り越えた関係だという。

本人も知らぬうちに心が鍛えられていたという事は考えられる。

そしてそれは今のバーラにとって、特に必要だと思われる事でもあった。

「ミレーユの事も見習いたいわ」

と彼女が言うと、ミレーユは少し驚く。

「……貪欲な方ですね」

ミレーユにしてみればバーラのその姿勢こそ、自分が見習いたい点だった。

「お互い相手の長所が光って見えているみたいね」

とバーラが言う。

「そのようです」

ミレーユは同意する。

彼女達の会話はそこで止まり、視線は戦っている二人に吸い寄せられた。

「そろそろ等級を上げてみるか？　【エクレール】」

「【エクレール】」

強力な魔法同士が激しくぶつかり合い、余波がミレーユ、バーラ、アネットを襲う。

「きゃっ」

アネットが可愛らしく悲鳴を上げるだけですんだのは、彼女の前に立ったソフィアが余
波を右手で打ち消したからだった。

「興が乗った時の悪い癖が出ましたね」

とソフィアが感想を漏《も》らす。

「おっと、すまん」

アウラニースは気づいてアネット達に謝る。

「ソフィア達も呼んでいて正解だったな」

マリウスは安堵《あんど》の息をこぼす。

「まったくだな」

アウラニースは笑った。

「お前はもうちょっと反省しような」

マリウスがたしなめる。

「それはすまん」

彼女はもう一度謝った。

「アウラニースが謝っている……二回も」

バーラが漏らした声には驚きが隠せていない。

「マリウスには素直に謝るよ、彼女」

アネットが苦笑して話す。

「すごい。マリウス様」

バーラはうっとりしているが、誰も指摘しなかった。

「やられっぱなしでいられないから、反撃してみよう。【エクレール】」

マリウスが攻勢に出たからだ。

「ふん！」

アウラニースはそれを、魔力をまとった体で難なく受け止める。

「ぬるいぞ、マリウス」

そしてニヤリと笑った。

「だろうな」

元よりマリウスは魔法一発で彼女をどうこうできると思っていない。

「【ファイアボール】」

彼が撃ったのは十の白い火炎弾だった。

「【アクアボール】」

アウラニースは十の水弾でそれを相殺する。

「お前がやっていた事だ。文句はないよなぁ？」

そっくりやり返しているのだと、彼女は楽しそうに笑いながら言う。

「もちろんだ」

マリウスも笑みを返す。

周囲への迷惑を考えなければ、戦いは楽しいという感覚は、実は彼にもある。

アウラニースが相手だと楽しむ余裕などすぐになくなってしまうのだが。

「【ヴォルケーノ】」

マリウスは溶岩弾を五つ作り出して射出する。

「【ヴォルケーノ】」

アウラニースは同じ魔法で迎え撃って相殺した。

「す、すごい」

「完全な相殺なんて、普通は無理なのに」

バーラとミレーユはアウラニースの力量の高さに声を震わせる。

「そうなの？」

魔法使いではないアネットには理解が難しく、首をかしげた。

「使われた魔力量と練られ方で威力は変わりますが、それを読み切らないと完全な相殺はできないのです」

とソフィアが説明する。

「お返しだ、【フレイムスター】」

アウラニースは白く燃える炎の球体とも言える物体を生み出す。

城をも呑み込みそうな巨大さにマリウスは顔を引きつらせた。

「やりすぎだ、馬鹿」

「おっと」

彼に叱られてアウラニースはすぐに威力と規模を縮小し、人間の頭くらいの大きさに調整する。

「【ファイアウィップ】」

マリウスは火の鞭《むち》を作って、アウラニースの白い火球を砕く。

火球は四散して二人の周りに飛び散った。

「なかなかお前のようにはいかないな」

マリウスは魔法を相殺する技量に関しては、アウラニースの方が上だと認める。

「俺もまだまだ精進が足りないわけだ」

「はっ、そう簡単に追いつかれてたまるか」

自省するような発言をしたマリウスに、彼女は笑いかけた。

「オレだってずっと戦い続けて、身につけたんだからな！」

「そりゃそうだ」

マリウスはうなずく。

一朝一夕で身につくわけがないというのにはとても説得力を感じる。

「じゃあそのへんの練習をさせてもらうとしよう」

「はは、それはいいな！　オレが受けて立ってやるよ！」

マリウスの言葉にアウラニースは満面の笑みになった。

「【ライトニング】」

「【ファイアレイン】」

マリウスとアウラニースの魔法がまたぶつかり合う。

「属性の相性とか、あの二人は無視してるのね」

とバーラがつぶやく。

「あの領域まで到達すると、意味がなくなるのかもしれません」

ミレーユが応じる。

「そんな事、考えた事もなかったわ」

バーラは視線に畏怖を込めた。

「私もです。あの方達は規格外すぎます」

とミレーユは同意する。

「参考にするというのは無茶だったかもね」

アネットが苦笑気味に言う。

マリウスもアウラニースも少しは加減をすればいいのにと思うのだが、それができる彼らではないとも思うのだ。

「いえ、勉強になる事は山ほどあります」

バーラは首を振ってそう答える。

「目標がはっきり分かるのはありがたいです」

とミレーユも言う。

「そう。強いんだね」

アネットは二人の心の在り方が素晴らしいと思った。

「アネット様に言われても……」

ミレーユは少し困惑する。

彼女が知っている中で、アネットはアステリアと並んで強い女性だ。

アステリアがマリウスとともに特別扱いしている事に、異論も疑問もない。

「うん？」

アネットはきょとんとする。

「いえ、失礼しました」

ミレーユは謝って言及を避けた。

（自分の一番特別な点について無自覚なのは、マリウス様と同じなのよね）

似た者夫婦だなと彼女は思うが、言葉にするのは臣下として失礼な気がする。

イザベラなら遠慮なく言ったのだろうが。

「アネット様ってすごい方よね」

二人を見ていたバーラがつぶやく。

一見しただけでは埋もれがちなアネットの美点を、バーラはしっかりと気づいた。

「そろそろ大技の撃ち合いといこうか⁉」

相当白熱してきたのか、興奮したアウラニースが叫ぶ。

「それはダメだと言っているだろう」

マリウスは声を低くしてはっきりと拒絶する。

「あ、うん。ごめん」

それによって頭が冷えたアウラニースが謝った。

「すごい。完全な制御」

とバーラが言うと、アネットがくすっと笑う。

彼女はすっかり慣れてしまったが、マリウスとアウラニースの関係性を見れば驚くのは当然だろう。

「そろそろ終わりにしないか?」

とマリウスはアウラニースに提案した。

「何でだ?　オレはまだまだ戦えるし、お前だってそうだろう?」

彼女は不満たっぷりに疑問を口にする。

「バーラとミレーユも見ているだけじゃ退屈だろう。そろそろ交代したいと思ってな」

マリウスが答えると彼女は「ああ」と言った。

「そう言えばそんな話だったたな」

すっかり忘れていたと手を叩く。

「やっぱり忘れていたか」

マリウスがそっと息を吐くと、アウラニースは目をそらして口笛を吹いた。

意外と下手な口笛を聞いたバーラが噴き出す。

「アウラニース、口笛下手なんだ」

そしてお腹を抱えて笑う。

「うるせー！」

アウラニースは悔しそうに叫ぶ。

「アウラニースにも苦手なものはあるんだな」

とマリウスが言った。

「弱点と言えるか分からないけどね」

「違いない」

応じたアネットと二人で笑い合う。

「ぐぬぬぬ。貴様らぁ」

アウラニースがうなったのでマリウスがなだめた。

「いいじゃないか。愛される要素があった方が」

「よくない！」

アウラニースはぷんぷんという擬音語が出てきそうな表情で答える。

「どうでもいい奴らに愛される必要なんてない！」

と彼女は言うが、かなり真剣だった。

「お前って人間が好きな割に、そういう時は手厳しいんだな」

マリウスは彼女の複雑な心理について触れる。

「人間の可能性が好きなだけで、人間が好きなわけじゃないぞ？」

アウラニースは真顔で彼に返答した。

「うーん、俺にはよく分からないな」

マリウスは思っていた以上に面倒くさそうだと感じる。

「アウラニース様自身、深く考えずにその時の気分で行動しているので、悩んでも無駄だと思いますよ？」

ソフィアが彼に助言した。

「なるほど、いかにもアウラニースらしい」

マリウスは苦笑して納得する。

「聞こえてるぞ？」

アウラニースがソフィアを軽くにらむ。

「聞こえるように言ったのです」

ソフィアは悪びれずに言い返す。

「こいつ」

アウラニースは苦笑してしまう。

（ソフィア達にも結構甘いよな）

とマリウスは感じる。

「さて、交代ですね！」

待っていても埒《らち》が明かないと思ったバーラは前に進み出て、アウラニースとマリウスの間に割って入った。

続くようにミレーユも彼女の隣に立つ。

「ふむ、その意気込みは買ってやる」

アウラニースは嬉しそうに笑う。

自分に立ち向かってくる人間は滅多にいないので、彼女達のような存在は貴重で好ましいのだ。

「マリウスと同じわけにはいかないからな。お前達が魔法を撃ってこい」

とアウラニースは要求する。

「いいわよ！　【ファイアレイン】」

バーラはいきなり無詠唱で青い炎の雨を彼女に放つ。

「はっ。【ファイア】」

アウラニースはただの炎でそれらを打ち消してしまう。

「【サンダーレイン】」

ミレーユが放った八本の雷は、左右に分かれて横からアウラニースを襲った。

「ぬるいな。【アクア】」

アウラニースは両手のひらに水の玉を作って雷を受け止めた。

「ただの水で、雷を止めるなんて」

ミレーユは力の差を感じて悔しそうに彼女を見る。

「さすが。強すぎるわね」

とバーラは楽しそうに笑みをこぼしながら、感想を述べる。

「はは、オレ相手にそんな態度を取れるなら、お前らも大したものだ」

アウラニースもまた笑顔で言った。

「アウラニース相手に悔しがったり、楽しんだりするのは確かにすごいよね」

マリウスがアネットのそばに移動すると、彼女が彼に話しかける。

「それは言えてる」

どんな相手でも悔しいと思えるのはミレーユの長所だろう。

「俺や君をすごいと評価する人がいるが、ミレーユやバーラだって少しも負けてないよな」

「うん、同感」

マリウスの言葉にアネットは大きくうなずく。

他人の素晴らしい点を探して肯定できるのが彼らの長所だった。

「どんどん来い！」

アウラニースは右手で手招きをする。

「どんどんいくわよ！【サンダーレイン】」

バーラが雷の雨を降らせるが、それはまたしても水の玉で防がれた。

「甘いな。普通にやってもオレには当たらんぞ？」

アウラニースは主旨を忘れたかのような発言をする。

「【ミスト】」

その発言を聞いたミレーユは、彼女の前に霧を作り出す。

「む？」

アウラニースは若干困惑しながら、楽しみに次の手を待つ。

「【アクアニードル】」

ミレーユは次に水の玉を生み出し、それを針のように変えてアウラニースを狙い、突き刺し攻撃をおこなった。

「おっと」

アウラニースは直感でしゃがんで回避する。

「危ない危ない」

という彼女の声にはまぎれもなく愉悦がにじんでいた。

「アウラニース、今見ないで避けたわね」

バーラが信じられないものを見た、という顔でつぶやく。

「魔力を感知された？」

ミレーユは必死に分析しようとする。

「アウラニースは直感だけでできるから、気にするな」

とマリウスは口を出す。

「攻撃を当てたいなら、手数を増やしていくといい」

と助言を付け足す。

「これ、そういう主旨ではないですよ」

ミレーユがやんわりと否定する。

「そのつもりで戦った方がいいという事ですね！」

バーラの方はいいように勝手に解釈した。

「頑張りましょう！」

「えっ？　はい」

彼女の熱意に押されてミレーユは同意する。

「オレとしてはその意気で来てもらいたいもんだ」

アウラニースは笑顔を浮かべて歓迎の意を示す。

「あんまり余裕たっぷりなのも悔しいものね」

バーラが言うとミレーユは力強くうなずく。

「ええ」

彼女達は勝てるわけがないにせよ、せめてアウラニースに一矢報いたいという気持ちは一致している。だからこそ連携が生まれた。

「【アイスウォール】」

まずミレーユが氷の壁を作ってアウラニースの視界を覆う。

「ほう？」

アウラニースはどんな攻撃が来るのかと楽しみに待つ。

バーラは次の攻撃は無詠唱で発動させる。

サンダーレインで六本の槍《やり》を左右から撃ち込み、さらに下からアースジャベリンで、土の槍がアウラニースの足元を狙って放たれた。

「おおっと。【ファイアウォール】」

アウラニースは火の壁を作り出して雷の槍を止め、土の槍は後方に跳んで避ける。

「あれも避けるの⁉」

「普通に通用しませんね」

バーラは驚き、ミレーユは悔しそうにアウラニースを見つめる。

「なかなかいい攻撃だ。即興の連携とは思えないな」

アウラニースは笑って二人をほめた。

「まだまだ余裕がありますね」

とミレーユは観察して言う。

「あのアウラニースなんだから、むしろ当然だけど」

バーラは冷静さを保って言う。

「はは、オレから余裕を奪いたいなら、マリウスかメリンダを連れてこい」

アウラニースは明朗に応じる。

「俺ならここにいるぞ？」

マリウスが言ったがむろんこれは冗談だ。

「そういう意味じゃないよ！」

アウラニースが抗議して、アネット、アイリス、ソフィアは噴き出す。

「ところで」

マリウスは彼女の反応を無視して問いを放つ。

「この二人はどうだ？　かなり強いだろう？」

「うん、確かにそうだ！」

アウラニースは満足そうにうなずいた。

「マリウスとメリンダは別格として、その下の五指には入るかもしれないぞ」

彼女の感想を聞いた人間達は同時に疑問を持つ。

「五指って誰かしら？」

と言ったのはアネットだ。

「マリウス様とメリンダ様は別格なんですよね？」

あとは思いつかないとバーラは首をかしげる。

「名前は忘れたが、勇者とか聖女とか呼ばれていた奴らがいただろ」

アウラニースはそう話す。

「勇者エスピダ、聖女ラシアンですね。確か人間達の間では、メリンダに次ぐ英雄と扱われる向きもあるとか？」

ソフィアの言葉にマリウスを除いた人間達が驚愕《きょうがく》する。

「エスピダ様とラシアン様！」

特に一番驚いたのはバーラだった。

「そのお二人ともアウラニースは戦っていたのですね」

次にミレーユがうなる。

「まあメリンダと違っていい勝負にならなかったからな。人間達の間で話が広まってなくても仕方ないだろ」

アイリスが無愛想に言った。

「負けたとは言いにくいもんな」

マリウスは理解を示す。

（アウラニースが相手なら生き残れただけでも大殊勲じゃないかな）

と彼は思うのだが、人間の心理はそう単純でもないという事は想像できる。

「アウラニース様くらいですよ、人間に負けた事を楽しそうに話すのは」

とソフィアが言う。

「お前もマリウスに負けたと涼しい顔で言ってたけどな」

横からアイリスが指摘する。

「彼は仕方ないかなと私も思えたので」

ソフィアは微笑を彼女に向けた。

「うーん」

アイリスは何か言いたそうに口を開きかけたが、途中で止める。

「やめておこう。何を言っても受け流されるだけだ」

あきらめた顔で彼女は言う。

彼女とソフィアの関係性を垣間見た気になりながら、マリウスはアウラニースに話しかける。

「お前にとって二人は教え甲斐《がい》があるんじゃないか？」

「否定はしないな。二人とも伸びしろがありそうだし」

アウラニースはかなり前向きに考えているようだった。

二人の会話を聞いていたミレーユが、ハッとしてマリウスを見る。

「マリウス様、もしかして？」

「ミレーユは難しいだろうけどな。バーラと違って俺に弟子入りする事自体が難関だろうから」

彼はそう答える。

「できなくはないのですが」

というミレーユは歯切れ悪かった。

「無理にしなくても、こうして機会を作ればいいよ」

マリウスの言葉に彼女はうなずく。

「よろしくお願いします」

そして彼に頭を下げる。

「ああ。できる限りの事をしよう」

マリウスは彼女の願いに応える。

「オレもな」

アウラニースは自分の顔を指さして、頼りになるぞと示す。

「当てにしてるぞ、アウラニース」

彼が言えば彼女は満足そうにニッコリする。

「任せておけ。お前が頼むなら世界征服くらいしてやる」

「それはいらない」

マリウスはきっぱりと断る。

曖昧《あいまい》な答えだと、気を利かせたつもりで本当に世界征服を目指しかねないと判断したからだ。

「分かったよ」

アウラニースはどこか残念そうに言う。

「かくして大魔王アウラニースの進撃は止まったのだった」

アネットが物語を歌う吟遊詩人のような言い方をする。

「歴史的瞬間ですよね、今の！」

と言ったバーラは興奮を隠せていない。

「むしろ歴史に残してはいけない部分だな」

マリウスが苦笑する。

このようなやりとりで他の国の人々に恩を着せるつもりはなかった。

「アウラニースは今どうしているのだろうと疑問に思われていたのですけど、答えが私の目の前に」

バーラは無邪気に喜んでいる。

「弟子として知りえた事は、故国にも報告しないでくれっていう契約は結んでいなかったな、そう言えば」

マリウスは今更ながら過ちに気づく。

「アステリア様に言われましたけど」

バーラはきょとんとする。

「もちろん！　魔法使いの弟子と師匠の関係性は、最も神聖なものの一つだと私は思うので！　マリウス様とアステリア様の許可がない事は、決して誰にも話しません！」

驚く彼に彼女は握り拳《こぶし》を作って、熱く話した。

（俺と違ってアステリアには抜かりがなかったか）

妻の立ち回りにマリウスはホッと安心する。

「そうか。信じよう」

と彼は言った。

「そんなあっさり信じていいのかよ？」

アイリスが疑問を口にする。

「えっ、えっと」

バーラは慌《あわ》ててマリウスとアイリスの顔を交互に見やって、必死に言葉を考えた。

「大丈夫だろう」

その彼女を安心させようと、マリウスは優しく笑う。

「バーラはいい子だし、ランレオだって俺達を怒らせるほど馬鹿じゃないはずだ」

と単なるお人よしではない考えを明かす。

「まあな。マリウスを怒らせたら、オレやソフィアも敵になるんだぜ？　どれだけ人間は馬鹿なんだって話になるだろう？」

アウラニースが少しだけ凄《すご》んでみせ、バーラやミレーユの精神を圧迫する。

「アウラニース様、そこにあたしも入れてください」

アイリスは看過できなかったらしく、不満げに訂正を要求した。

「お、悪い」

とアウラニースは言って右手を上げる。

「素で忘れていたのか」

マリウスはさすがに呆《あき》れた。

アイリスはつき合いの長い腹心のはずなのに、それを忘れるとは。

「たまにありますよ」

ソフィアがあきらめ顔で言う。

「アウラニース様、意外と抜けているからな」

アイリスも応じる。

「否定はしない！」

アウラニースは胸を張って言った。

「胸を張るところじゃないだろうに」

マリウスが言うと、アネットとバーラが同時に噴き出す。

しっかり笑劇化しているあたりが、アウラニースらしい。

「これがアウラニースなんですね……恐怖の魔王なんて印象が完全に壊れちゃいました」

バーラは目尻に浮かんだ涙を指でそっと拭《ぬぐ》う。

「恐怖は恐怖だけどな」

「強さは圧倒的だもんね」

マリウスは肩を竦《すく》め、アネットが微笑《ほほえ》む。

「怖い？　オレのどこが？」

アウラニース自身は首をかしげる。

「……もしかしてアウラニースは無自覚なんですか？」

とバーラが疑問を言った。

「当然だろう。いかにもアウラニースらしいだろう？」

真顔でマリウスが訊き返すと、彼女は少しの間を置いてこくりとうなずく。

「確かにそうですね」

「何だ、何の話だ？」

アウラニースは不思議そうに近寄ってくる。

すっかり戦いどころではない空気になってしまったが、彼女はやはり自覚していないだろう。

「今日はそろそろ終わりにしようか」

とマリウスが提案する。

「え、もう終わりか？」

ずっと戦い続けていたのにもかかわらず、アウラニースは物足りない顔をして残念がった。

「体力が人間とは違いすぎますね」

「信じられないくらい」

ミレーユとバーラは改めて自分達と彼女の差を感じる。

「人間と言ってもマリウスやメリンダならまだまだ元気なんだ。お前ら、もっと体力をつけろよ」

とアウラニースは言いながらグレイプニルを解除した。

「体力ですか」

ミレーユは真剣な顔で検討を始める。

「体力がつけば単純に鍛錬の時間を増やせるじゃないか。魔法は練習量が全てじゃないが、練習せずに強くなるのは無理だぞ」

アウラニースは真面目な顔で話した。

「それはそうなんだろうけど」

とバーラは少し困惑する。

「アウラニースが地道な練習って言うと何か違和感があるんだよな」

マリウスが横から言う。

(キャラに合ってないと言えば失礼かな?)

豪快で天真爛漫《てんしんらんまん》なアウラニースと、地道な努力というのはしっくりこない。

だが、彼女はやるべき事をやってきたから強いのだというのは納得できる事でもあった。

「意外と言えば意外なんだけど、当たり前なんだよね」

とアネットが言う。

「意外意外うるさいな！」

アウラニースが頬《ほお》を膨らませて抗議する。

「ふふ」

「はは」

「あは」

アネット、マリウス、バーラは三者三様に笑う。

「ぬう」

アウラニースは不本意そうになって地面を蹴る。

ずんと地響きがしたのは、彼女が手加減の仕方を間違えたからだろう。

「おいおい、アウラニース。お前が地団駄を踏んだら地震が起こるだろう」

マリウスが注意する。

大陸を揺るがす衝撃を繰り出す事くらい、アウラニースにはわけない事なのだから、気をつけてもらいたかった。

「すまん」

アウラニースは申し訳なさそうに謝る。

「……もう驚かなくなってきました。これがアウラニースとマリウス様なのですね」

とバーラは言った。

どこか達観したような表情に、アネットは微笑《ほほえ》む。

「慣れたら結構楽しいよ？」

「そう仰るアネット様は間違いなく大物です」

バーラはしみじみと言う。

「アネットの肝が太いのは否定できんな」

アウラニースの言葉にマリウスとソフィアがうなずく。

「え、そうかな？」

アネットは微笑むだけで受け流す。

「うん」

マリウスは同意して彼女の横に並ぶ。

「今日のところは終わりだな。ミレーユは仕事もあるんだから」

「はい」

ミレーユは仕方なさそうな顔で返事をする。

「この後普通に仕事ってところがすごいですね」

バーラが感心した。

(すごいタフだよな)

とマリウスは思う。

タフ、という言葉は通じないだろうから声にはしなかった。

「やるしかないので」

ミレーユは淡々としている。

「昔はイザベラと二人でアステリアを支えていたんだもんね」

アネットの言葉に彼女は小さくうなずく。

「思えば遠くまで来たものです」

答えるミレーユは少しだけ微笑《ほほえ》んだ。

「そういやオレの仕事って何だ？」

アウラニースが首をひねって、しんみりした空気を壊す。

一行は笑いながら城へと戻った。

第九十七章 新しい問題

夜になってアステリアとの食事の為に集まる。

晩餐会《ばんさん》ではなく日常だからか、皆、平服と呼べる服装でマリウスも気が楽だった。

と言ってもアステリアは赤い美しいドレス、アネットは清楚《せいそ》な水色のワンピースドレスなので、平民と王族の意識の違いは出ている。

「二人とも今日も綺麗だね」

マリウスは意識して二人をほめた。

「ありがとう」

アネットは嬉しそうに、アステリアは少し満足そうに微笑《ほほえ》む。

(これも夫の務めだし、喜んでもらえるんだからやり甲斐《がい》はあるよな)

とマリウスも満足する。

「マリウス、オレは？」

アネットの左隣に座ったアウラニースが、自分の顔を指さしながら問いかけてきた。

自分の事もほめろという要求だとマリウスは気づいたが、気づかないふりで応じる。

「どうだろうな？」

「お前、オレには冷たくないか？」

アウラニースは不満そうに口を尖《とが》らす。

マリウスはやりすぎたかもしれないと反省する。

「すまない。お前なら平気だろうと思って、つい手加減や配慮を忘れてしまった。申し訳なかった」

彼が頭を下げると、アウラニースはぎょっとした。

「あ、いや、分かってくれたらそれでいいんだが」

彼女も本気で腹を立てていたわけではなく、じゃれていたつもりだったらしい。

「アウラニースなら平気かなって私も思っていたよ。ごめんね」

アネットもマリウスに続いて謝る。

「確かに平気だったから、お前らの考えは何も間違っていないんだよな？」

アウラニースは釈然としない顔で首をひねった。

何か話が変な方向になってきていると皆が思う。

「私の話をしていいかしら？」

その空気を感じ取ったアステリアが、声を少し張り上げて問いかけ、視線を集める。

「どうぞ」

マリウスは少しほっとして答える。

「少しだけ問題が出てきたのよね」

彼女がそう言うと、アウラニースとアイリスを除く面子《めんつ》の顔が真剣になった。

「国家運営ってやっぱり大変なんだな」

というのがマリウスの率直な感想である。

「そうね。今年は雨の降る量が少ないみたいなの」

アステリアの言葉に彼は嫌な予感に襲われた。

「もしかして干ばつ？」

うかがうように問いかける。

「そこまではひどくないみたいだけど、できれば手は打ちたいところなの」

アステリアは答えた。

「そりゃなあ」

干ばつで農作物がとれないと大変な事になってしまう。

「備蓄はあるんだろう？」

国にはいざという時の備えがあるはずだとマリウスは思った。

「……本来はあったのだけどね」

アステリアがため息をついた事で、何となく彼は察する。

「兄達が浪費したり、国の復興で放出したりしたから、被害によっては支えきれない可能性があるわ」

「大問題じゃないか」

マリウスは息を呑む。

最悪の場合餓死者が出る事になるだろう。

「その前に対応しておきたいって事は分かるけど、どういう案があるんだ？」

と彼は妻に尋ねる。

「雨が降らないなら、水を降らせばいいじゃないというのが私の意見ね」

アステリアはそう言って夫を見つめた。

「……俺が魔法で雨の代わりを降らせればいいのか？」

彼女が言いたい事を察したマリウスが訊き返す。

「できればいいなと思っているけど、いけそう？」

「どうだろうな」

妻の問いという形式のお願いに、彼は即答できなかった。

力になれるならやりたいのだが、そのような使い方をした事はない。

「一応手加減はできるようになっているけど、長時間制御し続けられるかというとまた別の問題だろうからな」

彼は分からない事をできると安請け合いしたくないので、慎重な態度を見せる。

「そうよね」

アステリアも彼の答えを予想していたらしく、そっとため息をついた。

「力になれなくてごめん」

「いいのよ。私だって都合のいい事を考えていたのだから」

謝るマリウスに、アステリアは自分も同罪だと言う。

会話が途切れたところでアステリアがアネットを見る。

「ねえ、アネット。水関連のモンスターに頼る事はできない？」

「水が好きなモンスターならいくらでもいるけど、雨を降らせるモンスターなんて水のドラゴンくらいだよ」

アネットは困惑して答えた。

「ドラゴン……ドラゴンかあ」

アステリアはさすがに迷いを見せる。

「いいんじゃないか？」

マリウスが横から口を挟《はさ》む。

「いいって？」

アステリアが彼の思惑を測りかねて視線を向ける。

「アネットが呼べて協力してもらえるなら。大体ドラゴンなら今更だろう？」

彼はそう言ってアウラニースを見た。

「おう、ドラゴンなら昔乱獲したな。意外とつまらなかったが」

彼女は笑顔で恐ろしい武勇伝を披露する。

「ど、ドラゴンを乱獲……」

エレンが気絶しそうな顔でうめく。魔人にも匹敵する強さを持つ個体がいるというドラゴンは、種としての強さは間違いなくこの世界有数だろう。ドラゴンの魔王がほとんどいない事に疑問を持つ者が珍しくないほどだ。

「ドラゴンなんて所詮デカラビア並みだろ。まれにザガン級もいたが、まあ誤差の範囲だな」

アウラニースはさらに恐ろしい事を言った。

「ザガンとデカラビアの差を誤差扱いされると、もう俺以外話についてこれないからやめてくれ」

マリウスが苦笑する。

「おっと、そうか」

アステリアがポンと手を叩いて、アネットに声をかけた。

「お前の力で呼べるならいいんじゃないか？　もしも言う事を聞かなかったら、オレが懲らしめてやるよ。もっともオレがやらなくてもマリウスがやりそうだが」

彼女の言葉を聞いたマリウスは苦笑するだけで否定しない。

「そうだね。万が一の時は安心だよね」

とアネットは言う。

マリウスとアウラニースに比べたらドラゴンなんて可愛いものだ。

「アウラニース様とマリウス様がいらっしゃるのに、ドラゴンが聞き分けないとは思いませんが」

ソフィアが笑いながら言う。

「その場合、せっかく生き延びたドラゴンどもが気の毒な事になるな」

アイリスが続けて笑った。

「せっかく生き延びた？」

アステリアとアネットが不思議そうな顔をして、同時に疑問を口にする。

「そう言えばドラゴンは個体数が少ないけど、強いからじゃなかったのか？」

とマリウスも首をかしげる。強い種ほど個体数が少なくなるのは、こちらの世界でも同じ事だと漠然と思っていたのだ。

「それは理由としては半分くらいでしょう」

とソフィアが微笑《ほほえ》む。

「残り半分はアウラニース様が昔狩りまくったせいじゃないかな」

アイリスがはっきりと言った。

「ドラゴンを狙ったのはオレだけじゃないぞ」

そう言うアウラニースは不満そうに口を尖《とが》らせる。

子供が拗《す》ねているような表情も似合うのが実に彼女らしい。

「ドラゴンでも魔王にしてみれば獲物なのね」

とアステリアが目を丸くする。

「魔王の世界、怖いなぁ」

アネットが笑うが、苦笑に限りなく近かった。

「ドラゴンってどれくらい強いのか、少し興味がありますけど」

バーラだけ感想が少しズレている。

「個体にもよるが、デカラビア並みの奴もいたな」

とアウラニースは言った。

「そのデカラビアさんについて、私は知らないのですけど」

バーラは遠慮がちに主張する。

「そう言えばそうなんだっけ」

マリウスが首をひねった。

「少なくともデカラビアの強さを知る機会はなかったはず」

横からアネットが言う。

「呼んでみればいいんじゃないか」

とアウラニースが提案する。

「少し気の毒な気もするが」

マリウスは慎重な態度を取った。

「デカラビアに訊いてみればいいんじゃない？　今なら念話で彼に連絡を取る事は簡単でしょう？」

アステリアの発言はもっともだった。マリウスはもちろん、アウラニースにソフィアがいるし、イザベラが作ったマジックアイテムもある。

「そうするか。あいつ自身がいいなら、止める理由はないし」

とマリウスは賛成した。

「じゃあオレが訊くか！」

アウラニースが立候補するが、彼は反対する。

「いや、アステリアに頼んでもらおう」

「え、何で！」

アウラニースは不満そうに言った。

「お前からの頼みだと、デカラビアは拒否できないだろう」

マリウスの指摘に彼女はきょとんとする。

「……そういうものか？」

そして彼女はソフィアに訊く。

「間違いないでしょう」

ソフィアがマリウスに同意したのでアウラニースは納得した。

「そういうものなんだな」

バーラはそんな彼女を興味深そうに見ていた。

「アウラニースって割と行き当たりばったりなのですね」

「割とっていうか、ほとんど？」

マリウスは修正を試みる。

「全てじゃない？」

アネットがくすっと笑いながらさらに訂正した。

「まどろっこしいのはオレの性には合わないからな」

アウラニースは反省するどころか得意そうに胸を張る。

「補佐するのは私の役目です」

ソフィアはあきらめた顔で付け足す。

「あたしも頭脳労働は合わないからなー。全部ソフィア任せだったな」

アイリスは過去形を使い、その心境をアステリアはしっかり拾った。

「これからは私に相談してもらえれば、何とかするわよ？」

「そのつもりでいるよ」

アイリスは肩を竦《すく》めた。

「私は？」

彼女の背後に、にゅっとエルムが姿を見せる。

「わぁ！」

驚いたのはバーラとエレンだけで、アネットもアステリアもホルディア人は誰も驚いていない。

「お前はいらん」

アイリスはばっさりと切り捨てる。

「第一お前程度があたしを驚かせようなんて、数千年早いぞ？」

彼女は魔王達の中でも上から数えた方が早く、エルムが何を仕掛けようと意識の隙を突くのは無理だった。

「分かっててやっているんだよねえ」

エルムは悪びれない。

「それはタチが悪いわね」

とアステリアが言う。

「アウラニースしかいないところでやってくれ」

マリウスがエルムに注文をつける。

「はぁい」

エルムは肩を竦《すく》めた後、素直に返事をした。

「ところでエルムなら何かいい案があるんじゃないのか？　日照り対策に」

マリウスが尋ねると、エルムはきょとんとする。

「アステリアと話して、アネットちゃんに相談してみて、ダメならアウラニースに押しつけ……何とかしてもらおうって結論が出たのですが」

彼女が訂正したのはアウラニースが聞いているからではなく、主人の前だからだ。

アウラニースもそれを承知しているので、笑っただけで何も言わなかった。

「エルムの意見が入っているのか」

というマリウスの確認にエルムはうなずく。

「ご主人様は確か魔法の微調整は苦手だったはずなので、除こうとしたのですけど」

彼女は答えてからアステリアを見てにやりと笑う。

「いつもなら物分かりのいいアステリアが、なかなか納得してくれなくて。愛の力は強いですね」

「ぶーっ」

バラされてしまったアステリアは、飲んでいたお茶を思わず噴き出す。

「あら」

バーラがニコニコし、エレンも遠慮がちにマリウスとアステリアに視線を向ける。

アステリアはもちろん、マリウスまでも真っ赤になったのだが。

「ごちそうさま、でいいのかな」

アネットが微笑《ほほえ》みながらアステリアをからかう。

「もう、やめて」

アステリアは潤んだ目を彼女に向けてもじもじしながら、やんわりと抗議する。

「まさかアネットに言われるとは」

マリウスが複雑な顔になる。

「あら、ジェラシーの方がよかった？」

アネットは今度は夫をからかう。

「勘弁してくれ」

マリウスは頭を抱えたくなる。祝福されるのも妙な気分になるのだが、だからと言って嫉妬《しっと》されても困ってしまう。

苦しいところだ。

「まあ嫁を二人も娶《めと》ったんだ、せいぜい苦労しろ」

アウラニースが笑ってマリウスに話しかける。彼の苦慮を見抜いた上での一言だった。

「うーん」

マリウスはうなり、それからある事に気づいて口に出す。

「幸せでいっぱいだけどな。そりゃ苦労がないと言えば嘘になるが」

二人の妻達にはっきり言っておくべき言葉を。

「私も幸せだよ？」

とアネットが笑顔で応じる。

「わ、私も」

ようやく立ち直ったアステリアが少し慌《あわ》てたように続いた。

「ありがとう」

マリウスは二人に笑みを返す。

「またいちゃつきが始まったよ」

アウラニースが呆《あき》れた。

「今のはあなたがきっかけですよ」

とソフィアが指摘する。

「あ……」

アウラニースがしまったと声を漏《も》らす。それを見ていたエレンとバーラがくすっと笑う。二人のランレオ人も彼女を見て笑えるほど慣れてきたようだった。アステリアが大きめの咳払《せきばら》いをする。

「話を戻すとして。まずはアネットにモンスターを呼んでもらって、ダメだったらアウラニースにお願いするという事でいいかしら」

そして再度問いかけた。

「いいと思う」

アネットが気負いなく微笑《ほほえ》む。

「うまくできるか分からないけど、頑張ってみるね」

「取り掛かるのはいつからになるんだ?」

マリウスがアステリアに問いかける。

「早い方がいいから、明日はどうかしら?」

「早いな」

マリウスは驚いたが、アネットは動じない。

「いいよ。早く安心できる方がいいものね」

そう笑顔で快諾した。

「だな」

マリウスは彼女を見て優しく微笑む。

「オレも手を貸そう。いざという時はな」

アウラニースが二人を見て意気込んだ。

「ああ、頼りにしているぞ、アウラニース」

とマリウスに言われて、彼女は一気に気をよくする。

「うむ！　任せておけ」

「お、珍しくマリウスが素直だな」

アイリスがちょっと目を丸くした。

確かに彼が素直にアウラニースの力を頼む事は、最近ではあまりない。

「民の暮らしがかかっているからでしょう」

とソフィアが答える。

「マリウスはそういう奴だよな」

アウラニースは知っているという顔で言う。

「なるほど」

アイリスは感心していた。

「場所はどこなんだ？」

とマリウスがアステリアに訊く。

「国の南部一帯なのよね」

「範囲が広いな」

彼女の答えにマリウスは目をみはる。

「それだけ対象地域が広いなら、なおさら早く行動する方がよさそうだ」

「うん」

彼の言葉にアネットはうなずいた。食後のお茶を飲み終えて場が解散になった時、退出するエルムをマリウスが呼び止める。

「一応訊くが、食料の備蓄についてお前の作戦は何かあるか？」

「難しいんですよね」

エルムが悩ましい顔で答えた。

「農作物の収穫高は魔法である程度安定させられますが、限度がありますし」

「だろうな」

とマリウスは言う。

魔法は便利だが何でもできるわけではない。

「一応動物を人間が飼育管理して意図的に増やす事は可能じゃないかと思うのですが」

エルムが言ったのは「養殖」「畜産」の事で、マリウスは短く息を呑む。

養殖はまだこの世界で普及していないはずだが、彼女のような知恵者なら自力で思いつくというのか。

「ご主人様？」

彼女が不思議そうに見てくる。

「いや、お前の発想に驚かされただけだよ」

とりあえずマリウスはごまかす事を選ぶ。

「えへへ」

エルムは嬉しそうに頬《ほお》を緩めたが、すぐに真顔に戻る。

「それで次の計画で、干ばつにも長雨にも強い農作物の研究をしたらどうかなって思うんです」

そして彼女は他の考えを話す。

「雨にも日照りにも強いものか。確かに理想的だけど、そんなものはあるのか？」

マリウスは首をかしげる。

「残念ながら見つかっていませんね」

エルムは首を横に振る。

（やはりそこまで甘くはないか）

とマリウスは思った。こちらの世界なら、探せば案外魔法みたいな植物があるのではないかと、一瞬想像したのだが。

「一応、代案としてイザベラが大規模なマジックアイテムを作って、ご主人様とアウラニースが魔力を注ぐというものがあるのですが」

エルムがさらに意見を述べる。

「いい案だと思うが、イザベラの負担が大きすぎるのが一点」

マリウスは何もせずケチをつけているようで気が引けたが、彼女が望んでいるなら対応しようと思って言う。

「作れるにしても素材はどうするのかというのが一点。俺とアウラニース頼みすぎるのは危険じゃないのかというのが一点だな」

彼は思い浮かんだ三つの弱点を並べる。

「そうなんですよねー」

エルムは少し落ち込んだように肩を落とす。

「アステリアに訊いたら素材は大丈夫だし、イザベラ以外の者に手伝わせて経験を積ませればいいとなったのですが」

エルムの答えにマリウスは「おい」と思う。

「大体は解決なんじゃないか？」

少なくとも、ただの夢想で終わらせない為の手段は準備できている。

「問題は魔力なんですよね」

とエルムは言う。

「農民が自分達で負担できる量ですめばいいのですが、アステリアとイザベラに訊いてみたら、どう計算しても魔力が足りないそうです」

「そりゃそうだろうな」

　マリウスはつぶやく。

　大きな農地全体に働きかけるマジックアイテムを稼働させる為の魔力だ。

　ミレーユが何人いればいいのかという量になるだろう。

「農民全員がミレーユ並みの魔力だったら足りるのかもしれないが」

「それなら足りますね」

　マリウスは半分独り言のつもりだったが、エルムは間髪入れずに答える。

「ですが、農民全員にミレーユ並みの魔力を与えるのは、あまりにも難しくないですか？」

「それができたら、人間は魔物に対して劣勢になってないって話だな」

　マリウスは苦笑する。農民全員がミレーユ並みの魔力を持っていて、魔法を使えるなら最低でも魔人は撃退可能だろう。

　夢物語の極みとでも言うべき考えだ。

「現実的に考えるなら、ご主人様とアウラニースに魔力供給してもらいつつ、その間に何か手段を作る事になります」

　とエルムは言う。

「そうなるだろうな」

　マリウスは同意する。

「アウラニースと俺の力で解決できる事態があるなら、惜しまず協力するつもりでいる」

　彼はそう告げた。アウラニースの気持ちは聞いていないが、彼女の性格を考慮すれば、まずいやだとは言わないだろう。

「さすがご主人様です」

「何で今ほめられた？」

　マリウスが首をひねってもエルムは微笑《ほほえ》んでごまかす。

「問題はアイテム作りだろうな。イザベラ一人じゃ無理だろう。仕事さえなければ作ってしまうかもしれないが」

　とマリウスは話す。

　イザベラのマジックアイテム開発製造の実力は、それだけ抜きん出ていると彼は思う。

「人手不足はかなり改善されましたが、仕事はまだまだありますからね」

　エルムは言った。

「材料集めなら俺ができるんだけどな」

　マリウスは言ってから彼女を見る。

「どうかなさいましたか？」

　エルムの問いに彼は真剣な表情で応じた。

「お前ならマジックアイテム作り、こなせるんじゃないかと思って」

「まさか。イザベラの代わりなんて無理ですよ」

エルムは苦笑して否定する。

彼女がマリウスに嘘をつく理由もないから事実だろう。

「そうか。さすがに無茶振りだったか。悪かったな」

マリウスは素直に謝った。

「いえ、それだけ評価していただけたなら、仕える者としてこの上ない喜びです」

エルムは心の底から嬉しそうに笑う。

「お前だとついついサボっているんじゃないかとか、考えてしまうな」

それだけマリウスの評価は高いという事だ。

「ご主人様の前で手を抜いたりしませんよ」

エルムは笑顔で主張する。

「うん、信じる」

「わぁい」

マリウスの言葉に彼女は満足して、もう一度笑顔になった。

だが、すぐに笑みを消す。

「ご主人様、動物を人間達の手で管理するという案はどう思われますか?」

「いいんじゃないか？」

彼女の問いにマリウスは答える。

「いきなり実現させるのは難しいだろうけど、動物由来の食品が安定して手に入るようになるかもしれない」

「ですよね」

とエルムは言った。

「狩猟と農業だけじゃ食糧事情は解決しないと思っていたんですよね」

エルムはそう言って得意そうな顔になる。

「そういうところはさすがだなあ」

マリウスは素直に感心した。

この世界の人間が「牧畜」や「養殖」を思いつくのは簡単ではないと思っていたのを、まんまと覆されたのだ。

「えへへ」

エルムは照れて鼻をこするが、すぐに笑みを引っ込める。

「もっともアステリアも似たような事は考えていたみたいですよ」

「そうなのか？」

マリウスは今度こそびっくりした。

アステリアも彼より頭がいいと思ってはいたが、まさかそこまでとは。

「ええ。形にするのは私の方が少し早かっただけで、いずれ彼女も全く同じ事を描いていたんじゃないかなと思います」

「アステリア、何も言ってなかったが」

エルムに教えてもらって初めて知ったマリウスだった。

「私の方が先に思いついたので、遠慮したのかもしれませんね。妙なところで潔癖ですよ、あの子」

エルムはそっとマリウスに報告する。

「あいつもかなり複雑だからな」

彼はさもありなんと思う。

(単純なのは俺とアウラニースくらいかもしれない)

という意識はあったが、口には出さなかった。

「俺ができない点で、あいつをぜひ支えてやってくれ」

彼の頼みにエルムはうなずく。

「はい、ご命令とあれば」

だが、答えた後で何かを期待する視線を向ける。

「ただ、ご褒美をいただきたいです」

「褒美か」

「はい！」

エルムは力強く返事してぐいっと身を乗り出す。

「最近、ご主人様と一緒に過ごせる時間が少ないですし」

「言われてみればそうだな」

確かにマリウスとエルム達の接点は多くない。

夢魔達が不満を持ったとしても不思議ではなかった。

「いい子にしてるので！　アステリアの役に立っているので、ぜひご褒美を」

とエルムは主張する。

「そうだな。気づかなかった俺が悪かった。すまない」

マリウスは頭を下げて謝った。

気持ちよく働いてもらう為には、報酬は必要だろう。

そして夢魔達はアウラニース同様、アステリアでは満足いく報酬を用意する事ができない存在だ。

失念していた彼が悪いのだ。

「いえ、そんな！　何も謝っていただく事では！」

エルムは驚き慌《あわ》てる。

軽く甘えておねだりしたつもりだったのに、返ってきた反応が大きすぎた。

「気づいてやれなくて悪かったな。お前達の忠誠心に甘えていたと反省している」

一方でマリウスは本気で反省している。

夢魔達の忠義を当然と、無意識のうちに思い始めていたのではないか。

そう考えただけで頭が痛くなる。

「ご主人様のご信頼、とても嬉しいですよ？」

エルムは何とか主人の気持ちを慰めようと必死になった。

「ありがとう」

とマリウスは言ったが、素直には喜べない。

「アステリアとアネットと相談する必要があるが、お前達への褒美はきちんと用意すると約束しよう」

彼ははっきりと言った。

「わぁ、嬉しいです」

エルムは目を輝かせる。

できればマリウス一人で決めてほしいのだが、それは無理だと彼女の頭脳は知っていた。

「ではまたな」

「はい。ご褒美、楽しみにしています」

別れを告げた彼に、エルムはうやうやしく一礼する。

アステリアやミレーユにも負けないほど上品で様になっていた。

マリウスが部屋に戻ると、アネットが一人ソファーに腰を下ろして本を読んでいた。

「あ、マリウス、おかえりなさい」

アネットは本を閉じて微笑《ほほえ》む。

「ただいま」

言ってからマリウスは笑う。

二人は一緒に少しの間笑い続けた。

「何だか変な感じだね、改めて挨拶《あいさつ》するって」

「俺もそう思う」

と答えながらマリウスはアネットのすぐ近くに腰を下ろす。

二人の会話はそこで途切れる。

お互い相手が言い出すだろうと思って譲り合った結果だった。

そして二人は同時に相手を見て、その事を察する。

「ふふ」

アネットが先に笑みをこぼす。

「同じ事を考えていたのかな、もしかして」

とマリウスは疑問を口にする。

「私はマリウスが話し出すだろうと思っていたよ」

アネットが答えを言った。

「俺もだよ」

マリウスは返事をして笑う。

楽しいから笑うのではなく、愛しいから笑う時もあるのだと彼は感じる。

彼としてはあくまでもアネットに譲るつもりで、口を開こうとしない。

気づいたアネットが自分から切り出す。

「明日になったらドラゴンに呼びかけてみるけど、何となく不安で」

「そうなんだ」

マリウスはとりあえず相槌《あいづち》を打つ。

「今までは自分が助かる為だったりしたから……他の誰かの大切なものは懸かっていないでしょう?」

アネットの言葉を彼は受け止める。

「自分の事で失敗する分には構わないと思っていたんだね」

「うん」

アネットは小さくうなずく。

「大丈夫、うまくいくよなんて言えないけど」

マリウスは言葉を選びながら口を開いた。

「ダメでも他に手段はある。アウラニースと俺の二人がかりで望めば、大抵の事は平気だろう」

「うん、私もそう思う」

アネットは同意する。

「だからうまくいかなくてもいいじゃないか」

と言ったマリウスに、アネットは目を丸くする。

「だからアネットは気楽にいけばいいよ。皆の大事なものを台無しにする心配はしなくていい。俺がついてる」

「……うん」

マリウスが優しく言って、アネットはようやく元気を取り戻す。

「マリウスがいてくれてよかった」

アネットの声には真情がこもっていた。

「こっちこそアネットがいてくれてよかったよ」

マリウスが答えたのはお返しではなく、事実である。

彼女と出会っていなければ、今頃彼はもっと違う道を歩んでいただろう。

「そう？」

アネットはじっと彼を見つめる。

「うん」

マリウスは微笑《ほほえ》んだ。

何も飾るところのない透明な表情に彼女はホッとする。

「ならよかった」

アネットは目を閉じて、彼の肩に頭を預けた。

「面倒な女の子でごめんね」

とアネットは謝る。

「こっちこそ不安にさせていたならごめん。アネットへの気持ちはあふれかえっているつもりなんだけど」

マリウスは謝罪を返す。

「ううん」

アネットは柔らかく微笑む。

「……何だか私達、同じような事を考えている事って多くない？」

「そうだね。似てきたのかもしれないね」

マリウスは彼女の言葉に賛同し、そう言った。

似た者同士だと考えるよりも、お互いに影響を与え合ってきた結果だと思った方が素敵な気がする。

「だとしたら恥ずかしいけど、嬉しいかも」

と言ったアネットの頬《ほお》はうっすらと赤くなっていた。

（恥ずかしさがあるのは分かる）

マリウスも自分の頬が熱くなるのを感じる。

お互いの事が理解できるようになってきたのは喜ばしいのに、どうしても照れと羞恥《しゅうち》がついてくる。

（ままならないものだよな）

とマリウスは思う。

「マリウス」

不意にアネットが名を呼ぶ。

「何だい？」

「ううん、何でもない」

アネットはにこりと笑う。

「そっか」

単に呼んでみたくなっただけと彼は受け止める。

「呼びかけたらすぐに応えてくれる人がいるって素敵だよね」

アネットは言った。

「そうだな」

マリウスはうなずいて彼女の肩を抱く。

「ぬくもりを感じられるのもすごい事だと思うよ」

と彼は言う。

「うん」

アネットはすぐにうなずいた。

今回は考えを理解しにくかったが、お互いを大切に思っている事だけは通じ合っている。

「今日は少し早めに寝るかい？」

とマリウスは訊いた。

「ううん、アステリアを待ちたいな」

アネットは頭を彼に預けたまま答える。

「そっか」

マリウスは無理にとは言わなかった。

三人の中で一番激務なのはアステリアだろう。

アネットも同じ事を思うからこその発言だと彼は解釈する。

「アステリアを待って、三人で寝ようか」

「賛成」

顔を見なくてもアネットが微笑《ほほえ》んだのを、マリウスは感じた。

「私、思ったんだけどね」

といきなりアネットは言う。

「何だい？」

「私じゃなくて、デカラビアに頼むのはどうだろうって」

「それは難しいだろうな」

マリウスは言葉選びを悩みながら、慎重に答える。

「アネットはデカラビアに、ホルディアの為に働いてもらいたいのかな？」

そして彼女の狙いを確認した。

「うん」

アネットは残念そうな顔でうなずく。

「デカラビアがホルディアの人の為に力を貸してくれるなら、もっと受け入れられやすくなるんじゃないかなと思って」

「気持ちは分かるけどなあ」

マリウスは彼女の肩を優しく叩いた。

「まあ、俺には判断できないからアステリアに訊くか。彼女ならいい意見を出してくれるかもしれない」

と言う。

「そうだね」

アネットは答えてから少し表情を暗くする。

「もしかしたらエルムがダメだと思って、採用されなかったのかな」

「どうだろうな？」

マリウスは彼女の意見に同意しなかった。

先ほど二人で話した時、そのような話題は一切出なかったからだ。

アステリアとの会話で出ているなら、恐らくエルムはこっそり教えてくれただろう。

アネットの視線を感じて彼は打ち明ける。

「そっか、エルムと話したのね」

「ああ。もちろんあいつの事だから、何らかの理由でわざと黙っているという事は考えられるけど」

とマリウスは言う。

エルムは彼に対して一切隠し事をしないような性格ではないと思っている。

「話した方がいい事を黙っている奴じゃないとは信じられるだろう?」

「そうだね。そこは私も賛成」

アネットはこくりとうなずく。

「アステリアの負担減らしたいのになぁ」

アネットが天井を見上げながらつぶやいた。

「同感だよ」

と言いながらマリウスも彼女につられて、天井を見る。

高くて立派な内装だなと改めて思っていると、アステリアが入ってくる。

「お仕事お疲れ様」

「お疲れ」

アネットとマリウスがそれぞれの言葉で、彼女をねぎらいながら迎え入れた。

「二人ともありがとう」

アステリアはアネットの反対側に座り、妻二人でマリウスを挟《はさ》む形になる。

「何の話をしていたの?」

彼女に問われてマリウスが説明する。

「ああ、その話ね」

　アステリアは驚きもせずに言った。

「デカラビアだとまだ反発があるかもしれないというのと、アネットの功績を積みたいって狙いがあるのよ」

　そして彼女はあっさり自分の計画を明かす。

「そうだったのね」

　アネットは目を丸くして聞いている。

「まずはアネットからか」

　とマリウスがぽつりと言う。

「急な変化は歪《ゆが》みが出るし、反発も生まれるから」

　そう言ったアステリアは苦笑する。

「手遅れな部分も多いけどね」

　と言ってから笑みを引っ込めた。

「だからこそ、配慮できる点は配慮する事も必要なの」

「そっか」

　マリウスとアネットの声が重なる。

　二人で視線を交わして無言で微笑《ほほえ》む。

「息ぴったりね、あなた達」

「そうだね」

マリウスは照れずに認める。

アネットは少し恥ずかしそうに、彼の服の裾を握った。

「さて、明日に備えて寝ましょうか」

アステリアの言葉に二人はうなずいて、三人仲よく寝台に入る。

「アネットは緊張してないみたいね？」

とアステリアは言った。

「うん。マリウスが何とかしてくれるから」

アネットは嬉しそうに答える。

「アウラニースもいるからな。何とかできるだろう」

と左右を妻に挟《はさ》まれたマリウスが上を見ながら言った。

「そうね」

アステリアは噴き出す。

「心配いらないというか、うっかり南部地域が大洪水になったりしないか、そちらの心配が必要になるわね」

マリウスは苦笑したものの、否定はしなかった。

意外と手加減が上手なアウラニースとは違い、彼はまだ完全だとは言えない。

「アウラニースが干ばつを解決するってすごいよね」

とアネットが言う。

「アネットがやってもすごい事だよ。他人事すぎ」

マリウスは切り返して笑った。

アネットは自分のすごさに対する自覚が甘いと彼は思う。

「あなた達、普通干ばつそのものは誰かの手で解決できる事じゃないわよ」

アステリアはたまりかねたように言った。

同時に笑みがこぼれる。

「そりゃそうだな」

とマリウスが応じて、やはり笑ってしまう。

「気候そのものに影響を与えるって事だもんね」

アネットはそうだったとつぶやく。

「でも、私はともかくマリウスとアウラニースなら、何とかしちゃっても不思議じゃないとしか思えないよ」

「気持ちは分かるわ」

アステリアは賛成に回る。

「私だって何とかなると思っているもの」

彼女は力を込めて言った。

「期待に応えられるよう頑張るよ」

マリウスはアステリアとアネットの髪の毛を同時に撫《な》でる。

「ええ。頼りにしているわ」

とアステリアは言う。

「私はまず自分でやってみないと」

アネットはそう言った。

マリウスはうなずいて、最初に夢の世界に入って行く。

ほどなくしてアネットが続き、アステリアが残される。

「二人とも、寝たの？」

彼女は意外に思う。

一人だけ寝つけないのはなかなかにつらい。

（エルムに相談してみようかしら）

夢を司る夢魔なら、何かいい手を知っているのではないか。

そう期待しつつ悶々《もんもん》とした時間を過ごし、夜が過ぎていった。

第九十八章

アネット

翌日、食事をすませたマリウス達はエルムの先導によって、干ばつの問題が起こっている地域へとやってきた。

今回、アウラニースは同行しなかった。マリウスさえいれば何とかなるだろうと思われた事、やはりアウラニースは多くの民にとって刺激が強いだろうという判断からだ。

一帯の土は乾いているが、素人目にはまだそこまで深刻な事態には見えない。

「陳情が来てアステリアが腰を上げたくらいだから、そろそろやばいと考えていいんだろうけどな」

とマリウスはつぶやく。

「ですね」

エルムは同意した後で説明する。

「いきなりアネット様がドラゴンを呼んだら大騒動になるので、まずは地域の責任者に話を通す事になります」

「責任者か」

マリウスは少し苦い声を出す。地域の責任者と言えば貴族で、彼はあまりいい印象を持っていない。中にはミレーユのような立派で責任感のある者もいると頭では理解しているのだが、感情で納得できるかは別問題だった。

「この地域を治める領主は誰だ？」

とマリウスが訊く。

「今はミレーユの弟ですね」

「えっ」

エルムの答えに彼のみならず、アネットも声を上げる。

「ミレーユの家族か……」

「何て言えばいいのかな」

マリウスとアネットは困惑した。

何となく、ミレーユの事はあまり話題に出してはいけない気がしてきたのだ。

「アステリアが何も言わなかったという事は、何にもしなくていいって事だろう」

とマリウスが気づく。

「だよね。アステリアが知らないわけないもの」

アネットが納得して同意する。

二人の視線を浴びたエルムがにこりとした。

「もちろんです。ですが、お二人なら自分の意志で進む事もできるのですよ？」

ミレーユと家族の問題に踏み込むという選択肢を、彼女は提示している。

「それは余計なお世話だろう」

感づいたマリウスが一蹴する。

彼が言わないとエルムは引き下がらないだろうという判断だ。

「かしこまりました。差し出がましい真似をしました」

エルムは一礼して提案を引っ込める。

反省はしてなさそうだったが、マリウスは追及を避けた。

「ここの代表とはどこで会えるんだ?」

代わりに本来の目的に戻る。

「この先にある屋敷ですね」

とエルムは前方を指さす。

「出迎えたいとの事でしたので、今から通信のマジックアイテムを使って連絡を取っても
よいでしょうか?」

彼女はマリウスに訊く。マリウスは王配でアネットはその妻だから、臣下からすれば出
迎えないなどありえない存在だ。

それを無視する事は立場上困難である。マリウスの力なら無視しても先方は黙るしかな
いのだが、必要もないのにそんな真似をする事もないだろう。

「ああ。世話をかけるけど、仕方ない」

とマリウスが言えば、アネットが同意するように微笑《ほほえ》む。

「かしこまりました」

エルムはさっそくマジックアイテムを取り出して連絡をおこなう。

「すぐに迎えに来るそうです」

と彼女は話す。

「現在地を教えなくても平気か？」

マリウスはもっともな疑問を口にする。

「ええ」

エルムはうなずいてから筒形のアイテムを取り出して空にかざす。

彼女が魔力を流すと白い光が空に向かって放たれる。

(信号弾？　いや、発光筒だろうか？)

マリウスはその名を言語化するのに辛うじて耐えた。

「イザベラが考案したアイテムで、発光砲ってあの子は呼んでましたね」

驚きを見せるマリウスとアネットにエルムが説明する。

彼とアネットでは驚いた理由が違うのだが、さすがのエルムも表情だけで違いを見抜く事はできない。

「ほら、見えてきましたよ」

とエルムが指さした方向には、豆粒のような大きさの人影がいくつもある。

そしてそれらは少しずつ接近してきていた。

若い男性が二人、中年男性が二人で、全員が馬に乗っている。

マリウスは視力を強化して彼らの顔を確かめたい誘惑に駆られたが、何とか理性が勝利した。彼らはマリウス達の前まで来ると、馬を下りてその場でひざまずく。

(何だかなぁ)

とマリウスは思ってしまうが、止めるわけにはいかない。

彼はまず王族の権威を守るべき立場だ。

「マリウス様、アネット様、ご尊顔を拝する栄誉を賜り、恐悦至極に奉ります。領主のバルジェロと申します」

と顔を伏せたまま言った男こそがミレーユの弟なのだろう。

マリウスが許可を出すと、挨拶《あいさつ》をした青年だけが顔を上げる。

「顔を上げてくれ」

(確かにミレーユに似ているな)

とマリウスは感じる。特に意志が強そうな目つきはそっくりだ。

もしかしたらミレーユは嫌がるかもしれないが。

「話はそこのエルムから聞いているか？」

とマリウスは問いかける。

「はい。アネット様のお力で、今回の事態を解決できる能力を持ったモンスターを集めていただけると伺っております」

ミレーユの弟であるバルジェロはそう答えた。

「ああ。万が一うまくいかなかったとしても、その場合は私が責任をもって対処するから心配はするな」

マリウスは彼にはっきりと告げる。バルジェロはともかく、他の面子《めんつ》の顔にはほっとした感情が浮かぶ。やはりと言うか、モンスターテイマーについて正しい知識があるわけではなく、不安が大きかったのだろう。

「お気遣い賜り、ありがたき幸せ」

とバルジェロが言った。アウラニースと渡り合えるマリウスがいるという安心感は、彼らにとって何ものにも代えがたいものだった。

アネットは少し寂しかったが、現状が分からないほど愚かではない。

態度にも出さないように気をつけてマリウスに話しかける。

「じゃあ呼んでみようかな。いい？」

「ああ。任せた」

マリウスが答えると彼女はこくりとうなずく。

バルジェロ達は息を呑んで様子を見守る。

アネットは目を閉じた。

別に特定の誰かを探す必要は彼女にはない。

ただ、誰を呼びたいのか、頭の中で思い描いて呼びかけるだけでよかった。

「おいで」

彼女が今回呼ぶのはブルードラゴンと呼ばれる存在だ。

この地域にはおらず、離れた場所にひっそりと暮らしている事だけが分かる。

ごくりと喉を鳴らし、ミレーユの弟が唾《つば》を飲み込む。

彼らにしてみればこれからどうなるのか、神経のすり減るところだろう。

マリウスはアネットを信頼しながらも、万が一の可能性を想定して警戒態勢に入る。

「来た」

アネットは目を開いて彼を見る。

「そっか」

マリウスが彼女を見返すと、彼女の視線が斜め上に向けられた。

そちらの方向から一つの影が近づいてくる。ワイバーンほどではないが大きな翼を持ち、青色の鱗《うろこ》に体が包まれた尻尾《しっぽ》の短い巨大なドラゴンだった。

「ほ、本当に」

誰かが言ったが、マリウスは気にならない。ドラゴンを呼ぶ能力があると言われても半信半疑なのは、責められる事ではないからだ。

「あいつはアネットと心が通じているか？」

マリウスはアネットに確認する。

「うん。機嫌も悪くないみたい」

彼女は少しほっとした顔で答えた。その視線は近づいてくるドラゴンに向けられたままだ。やがてドラゴンはアネットの上空を旋回したかと思うと、少し離れた開けた場所にゆっくりと着地する。

「私を呼んだのはそなたか？」

玲瓏《れいろう》な女性的な声で、ドラゴンははっきりとアネットに話しかけた。

「ええ、そうよ。あなたの力を借りたいの」

「ふむ。内容次第では構わない」

ドラゴンはあっさり承知した後、藍色の瞳をマリウスに向ける。

「だから安心してくれないか？」

彼が警戒している事に気づいていたようだ。

マリウスとしては別に隠すつもりはなかったし、とりあえず警戒を解く。

「うん。自分よりはるかに強いと分かる存在が戦闘態勢に入っていると、落ち着かぬからな」

ドラゴンは安心したように言った。唖然《あぜん》として見ているのはバルジェロと、その関係者達である。明らかに強大な力を持っていると分かるドラゴンが理知的に会話する事も、マリウスに怯《おび》えを見せた事も、何ならアネットの言う事に素直に従いそうな事も、全てが彼らの想像の埒外《らちがい》にあった。

「ドラゴン……」

「すごく強そう」

小さな声が彼らから漏《も》れる。

「マリウス、どう思う?」

アネットが小声でマリウスに訊いた。

「ルーベンスくらいの力はあるんじゃないか? 少なくともゾフィーよりは強いぞ」

と彼は答える。

(こんなドラゴン、一体今までどこに隠れていたんだ?)

彼は率直にそんな疑問を持つ。

「それで? どのような事情で私を呼んだのだ?」

ドラゴンは人間達のささやきを意に介さぬようで、さっそく本題に入る。

「雨が降らなくて困っていて、あなたの力で雨を降らせてほしいの」

「雨だと?」

アネットのお願いにドラゴンは怪訝《けげん》そうな声を出す。

「確かに水を雨のように降らせる事ならできるが、あまり広い範囲だと無理だぞ?」

「そうなんだ」

ドラゴンの答えにアネットは迷いを見せる。

「どれくらいの範囲なんだ？」

ドラゴンは優しい声で問いかける。

「えっと」

アネットは返答に困り、バルジェロに視線を向けた。

「場所の名前を告げたとして、果たしてドラゴンには伝わるのでしょうか」

彼はもっともな疑問を口にする。

「人の子らが勝手につけた名前など、私には分からないな」

とドラゴンは言った。

気のせいか若干の棘《とげ》が含まれているように感じる。

「どうしようか？」

アネットが小声でマリウスに訊いた。

助けを求められていると判断した彼は口を開く。

「解決策はあるよ」

「え、どんな？」

アネットが期待を込めて彼を見つめる。

「俺とアネットと彼を乗せてドラゴンに飛んでもらえばいいのさ」

マリウスはバルジェロを見ながらそう答えた。

「あっ、そうか」

アネットはなるほどと納得する。

「マリウス様の魔法で、ですか？」

バルジェロは驚いたものの、その手があったかとうなずく。

相手がマリウスとなると、何でもできてしまいそうな気がしているのだろう。

「ふむ、どういう事かな？」

ドラゴンには理解できない話だったようで、不思議そうな声がする。

「俺の魔法でこの二人をあなたの背中に乗せて飛べれば、場所はそこの彼が教えてくれるというわけだよ」

とマリウスが改めて説明した。

「なるほど。確かにあなたの強大な魔力なら、それは実現できるのかな？　私は人を乗せて飛んだ事などないのだが」

答えるドラゴンからは困惑がにじみ出ている。

「まずは俺一人を乗せて飛んでみたらどうだ？」

マリウスは提案してみた。

「ふむ。お互いに確認するという形かな？　いいだろう」

ドラゴンはうなずく。割と乗り気のようで、これもアネットのおかげかと彼は思う。

「アネットとエルムは待っていてくれ」

マリウスは二人に指示を出す。

「了解」

「かしこまりました」

二人はうなずく。エルムは一応護衛を兼ねているのだが、果たしてアネットは気づいているだろうか。なんて考えを追い出して、マリウスはドラゴンの背にまたがる。

「では頼む」

「任された」

マリウスが声をかけた直後、ドラゴンは力強く翼を動かして舞い上がった。

ドラゴンは強い筋力と大きな魔力の双方を使って空を飛び、最高速度は鳥をはるかに超えている。だから、人間に耐えられるのかとドラゴンが疑問を抱いたのも無理はない。

「【シールド】」

マリウスは念の為防御魔法を展開し、それ以外にも呼吸を調整する魔法も組み合わせて衝撃などに備える。ゆっくりと森を越えて山の高さまで達したドラゴンは翼を動かし、一気に加速した。

周囲の景色がみるみるうちに遠ざかり、マリウスとしては新幹線にでも乗っている気分になる。

「結構速いな」

と彼が言うと、

「余裕たっぷりだな」

とドラゴンが驚いた声を出す。

「これくらいなら何とかな」

マリウスは自分で飛んだ方が速いとは言わなかった。

ドラゴンの誇りを傷つけたくはなかったのだ。

「あなたは私よりはるかに強いのではないかと直感したが、どうやら正しかったようだ」

減速しながら言ったドラゴンの言葉はさばさばしている。

「もしかしてそれを確かめたかったのか？」

とマリウスは訊いた。

「それもある」

ドラゴンは素直に認める。

「あの娘の相方らしき人物がどれくらいの器量なのか、私なりに試してみたかったのだ」

「まさかそんな気持ちだったとは」

告白されたドラゴンの心情にマリウスは目を丸くする。

（アネットを認めているからこそ、隣に立っている俺が気になっていたなんて、予想外だったな）

と認めた。アネットの力を誰よりも評価しているつもりだったが、実のところ彼女の真価を測りきれていなかったのかもしれない。

「そんなにアネットが気に入ったのか？」

とマリウスは訊く。

「ああ」

ドラゴンは答えてからふっと笑う。

「この速度で空を飛びながら会話できるなんて、あなたはすごいな」

「そうか？」

マリウスとしては大した事ではない。

それを感じ取ったドラゴンは、かなわないともう一度笑った。

「あなたの名前は？」

「マリウスだ」

マリウスはすぐに答える。

「覚えておきましょう」

ドラゴンの言葉遣いが少し変わった。

「ところであなたの名前は？」

とマリウスが訊く。

「私にはありませんよ」

ドラゴンは笑いながら答える。

「そうなのか？」

マリウスは確認した。

「ええ。我々は基本個体名で呼び合う習慣がないので」

ドラゴンは笑みを抑えて返事をする。

「そうだったのか」

マリウスはどうしようか迷う。

（ない習慣を押しつけるのはどうなんだろう？）

という疑問が浮かぶ。もちろん喜ばれる場合だってあるだろうが、反発されてしまう可能性だって考慮する必要がある。

特にドラゴンは誇り高い個体が多い。今まで無縁だった習慣をいきなり押しつけても、不愉快にさせるだけではないかとマリウスは考えた。

「とりあえずアネット達のところに戻らないか？」

彼はそう話しかける。

「そうですね」

ドラゴンは返事をすると急に方向転換をした。

「おっと」

マリウスは魔法を調整する事で、空中に放り出される事態を防ぐ。

「見事なものですね」

ドラゴンは驚く事なく言った。

「わざとだったら怒るぞ」

マリウスは声を少し低める。

「いや、あなたなら心配無用と思っただけです。わざとと言われると否定できないのですが」

小さな威圧にドラゴンは慌《あわ》てて弁明した。

「そうか」

マリウスは威圧感を消す。悪意があったわけではないなら構わないと思う。

あの程度なら平気なのは事実だからだ。

やがてマリウスを乗せたドラゴンはアネット達が待つ場所へたどり着き、ゆっくりと着地する。

「どうだった？」

とアネットがマリウスに訊く。

「いいドラゴンだと思うよ」

つい先ほどの事を胸に納めて彼は答える。

「そうなんだ」

アネットは安心したようだった。

マリウスがドラゴンへと問いかける。

「それで俺は？　あと二人ほど追加しても大丈夫そうだったかな？」

「何人乗せても余裕そうでしたね」

ドラゴンは苦笑しながら答える。

マリウスの魔法をいやというほど実感したようだ。

「あれ、敬語？」

アネットがさっそく気づく。

「ええ。マリウス殿の力を知ると、自然と頭《こうべ》を垂れたくなりまして」

とドラゴンは言う。

「やっぱりね」

アネットは笑って納得する。

「さすがですね」

エルムは当然だと微笑《ほほえ》む。

「す、すごい。ドラゴンを……」

バルジェロの取り巻き達が声を漏《も》らす。

彼らもアウラニースの件や魔演祭の件でマリウスの力については知っているはずだが、それでもかなり驚いている。魔王やアウラニースよりも、ドラゴンの方が身近で想像のしやすい脅威なのかもしれない。

「では本来の用件に戻ろうか」

とドラゴンは言う。

「確か私の力で雨を降らせてほしいのだったな」

ドラゴンの瞳はバルジェロへと向けられる。

「は、はい。そうです」

静かなる威に打たれ、バルジェロは敬語になる。

格の違いを感じ取っているのか、彼の取り巻き達は誰も何も言わない。

「マリウス殿とこの娘と一緒ならあなたも乗ってもいいだろう。案内するといい」

ドラゴンの言葉に彼は頭を下げる。

「あ、ありがとうございます」

「何とかなりそうだな」

とマリウスは小声でアネットに言った。

「うん。マリウスのおかげだね」

彼女の言葉に彼は首を横に振る。

「いや、君のおかげだよ」

そして彼女を見つめた。

「えっ」

アネットは困惑する。ドラゴンが三人を背に乗せて空を飛んでくれるのは、間違いなくマリウスのおかげだと思う。

一方でマリウスにしてみれば、アネットがドラゴンの協力を取り付けてくれたからこその結果だと思っている。

「どっちも大手柄でいいと思いますよ」

二人の考えを察したエルムが笑って言う。

「お二人とも謙遜《けんそん》合戦は変わりませんね」

彼女の指摘に二人はもう一度視線を交わす。

「そうかもしれないね」

「お互いの性分だもんな」

アネットとマリウスは少しいい感じの空気を醸し出す。

「……あなた達はいつもそうなのですか？」

呆《あき》れた声を出したのは放置される形になったドラゴンだ。

「あっ」

アネットが恥ずかしそうに声を出す。

「大体こうだな」

とマリウスは悪びれずに答える。

「これが人の営みか……いや、一つの形なのでしょうね」

ドラゴンはゆっくりと首を振り、自分の中から偏見を追い出す。

「まあ他の人達がどうか、俺達には関係ない事だからね」

とマリウスは言う。

「何だか調子がおかしくなりますね」

ドラゴンは苦笑する。

「えっと」

アネットは少し困った顔をして彼とドラゴンに視線をやった。

「気にしないでください。私は人という存在について、新しい知見を得たという事です」

ドラゴンは彼女を励ますように言う。

「ありがとう」

理解のある態度にアネットは安心する。

「さて、待たせたな」

ドラゴンの視線がバルジェロに向く。

「今度こそ私の背中に乗るといいだろう。三人順番にね」

とドラゴンは言う。

「はい」

バルジェロは返事をして、マリウスに相談する。

「まずはマリウス様からお乗りになりますか？」

「そうだな」

マリウスはその方がいいとうなずいた。

「次にアネット、最後にあなたにしよう」

彼の提案にアネットとバルジェロも同意する。

まずはマリウスがドラゴンの背にまたがって、アネットに手を差し出す。

「ありがとう」

アネットは微笑《ほほえ》んで彼の手を取った。

マリウスは自分の位置を後ろにずらし、彼女に前を譲る。

そして続いてバルジェロに言う。

「手を貸そうか」

「いえ、大丈夫です」

バルジェロは首を横に振り、自分の力だけでドラゴンの背中にまたがる。

「落ちないようにしっかりつかまってくださいね」

とドラゴンが言う。

「大丈夫だ。俺が何とかする」

マリウスが答える。

「そうでしたね。つい」

ドラゴンは笑う。

「反射的に心配の言葉が出るなんて、いいドラゴンだな」

マリウスがほめるとドラゴンは鼻を鳴らす。

「おだてても何も出ませんよ」

まんざらでもなさそうな声だった。

(かなり人間くさいドラゴンだな)

とマリウスは思う。

単に対話能力が高いだけではない。

ドラゴン自身の性格によるところが大きいように感じられる。

「ではいきますよ」

ドラゴンはゆっくりと羽ばたいて浮上した。

「わぁ」

アネットから楽しそうな声が、

「おお」

バルジェロからはおっかなびっくりな声が漏《も》れる。

（こういうのは女性の方が好きだと聞いた覚えはあるが）

とマリウスは思う。

しかしアネットと比べるのは気の毒かと考え直す。

アネットは彼と一緒に旅をしてきたし、魔人や魔王の存在に触れ、慣れている。

ミレーユの弟より若くても、過ごした人生の濃さ、経験値ではははるかに上だろう。

マリウスは反省しながら魔法を展開する。

「おお、これが」

バルジェロも感じ取ったのか、きょろきょろと周囲を見回した。

「マリウスがいると、しっかりつかまらなくても安心ね」

アネットがくすっと笑って言う。

「一人補助要員とでも呼んでくれ」

マリウスは切り返したが、もちろん冗談だ。

「一人で万能ってすごすぎるよ」

アネットがそっとため息をつく。

「言うほど万能じゃないけど」

マリウスはやんわりと否定する。

「あ、うん。ごめんね」

アネットはすぐに謝った。

「いや、謝ってもらわなくていいんだけど」

マリウスはそう言う。

（ああ、どう言えばいいんだ？）

適切な言葉がとっさに浮かばず、マリウスは悶々《もんもん》とする。

「仲睦まじいのですね」

とバルジェロが遠慮がちに言った。

自分の事を忘れないでほしいというささやかな抗議も込めて。

「まあな」

マリウスは堂々と認める。

ここで否定したらアネットの立場がないという思いがあった。

「そんな」

アネットは彼がはっきりと肯定した事で照れてしまう。

誰かに仲のよさを言われて彼が認めるというこの流れには、なかなか慣れないのだった。

「なるほど。仲よしなのですね」

とドラゴンが言う。

マリウスが音対策をしていないのもあるが、しっかり会話を聞いているらしい。

「うん」

マリウスはまたしても認める。

「これはうかつな事を言わない方がいいように思えてきました。私だってつがいは欲しいと思っているので」

ドラゴンはそう言って苦笑した。

「独り身だったのか」

とマリウスは驚く。

「つがいのドラゴンは子育て中を除いて、二体一緒に現れるよ」

アネットが説明する。

「よくご存知ですね」

ドラゴンは感心した。

「ちょっとね」

アネットは微笑《ほほえ》みながら言葉を濁す。

かえってそれが底知れぬ印象を与えたらしく、ドラゴンはうなる。

「ところであなたは何て呼べばいいの？」

とアネットが訊く。

「先ほどマリウス殿にも答えたのですが」

ドラゴンはマリウスに言った事を繰り返す。

「あ、そうなんだ」

アネットもそれは知らなかったようだった。

「他にドラゴンの知り合いがいるわけでもないから、困る事はないかな」

とマリウスが言う。

「そうだね」

アネットは少し寂しそうに答える。

「……何しろ知らない習慣ですから、どうすればいいのか分からないのです」

ドラゴンは彼女を気遣うように言った。

「なるほど」

マリウスはうなずく。

(どうやら名前に対して拒絶感があるわけじゃないらしいな)

ドラゴンの口ぶりから彼は判断する。

もっともアネットとの会話で考えが変化した可能性は高いのだが。

「ではそろそろ出発しますか?」

とドラゴンが尋ねる。

「ああ」

マリウスは返事をしてから、バルジェロを振り向く。

「ここからどう行けばいい?」

と尋ねた。

「南に一キロ、で通じるでしょうか?」

彼は不安そうに言う。

「何となくは分かります」

ドラゴンは彼にもていねいに答える。

「じゃあゆっくり飛んでもらうといいかもしれないな。彼が現在地を把握できるように」

マリウスが提案した。

「それが一番でしょうね。分かりました」

ドラゴンは快諾して、ゆっくりと旋回して向きを九十度変え、飛び始める。

速度は馬を走らせるよりも遅い。

「この速度ならどうだ？」

とマリウスが尋ねる。

「何とかついていけます。定期的に馬を走らせているので」

バルジェロは返答した。

「そうか」

マリウスは短く合いの手を入れる。

という疑問があったが、口にはしなかった。

(領主なのにか？)

領主と言えど、馬を走らせる時間くらいあってもいいと思う。

あるいは領地を見回るのに役に立っているのかもしれない。

「ではこれくらいの速度を維持しましょう」

とドラゴンが言う。

「この会話も聞こえているのですね」

バルジェロは感心し、マリウスは自分との視点の違いを感じる。

「ドラゴンだけに基礎能力はどれもずば抜けているだろうね」

とマリウスが言う。

彼一人で背中に乗っていた時、倍以上の速度を出しながらも悠然と会話していたのだから、造作もないだろう。

「マリウス様もやはりすごいですね」

バルジェロは、ため息すら出ないという思いを込めて言う。

「ありがとう」

マリウスはどう返答していいか迷ったが、ひとまず礼を言った。

「あ、そろそろです」

バルジェロは右側の風景を見て声を上げる。

「そろそろ減速してくれ」

とマリウスが頼む。

「分かりました」

ドラゴンはゆっくりと減速して、馬が歩いているくらいの速度になる。

「分かりやすいです」

とバルジェロは感謝の気持ちを述べる。

「あ、このあたりが目的地です」

そして彼が言ったところでドラゴンはさらに速度を落とし、旋回を始めた。

彼らの下には広大な農地が広がっている。

「確かに作物に元気がないように思えるな」

とマリウスは作物を見てつぶやく。

何となく生気がない気がする。

専門家でもなく、農作物を見慣れているわけでもない彼だから、具体的に何がどう違うという事は言語化できず、印象でしか言えないのだが。

「あなたならもっとよく分かるだろうか？」

マリウスはバルジェロに訊いてみる。

「申し訳ないですが、私もよく分かりません」

彼は微苦笑を浮かべて首を横に振った。

「領主と言っても作物について明るくなるわけじゃないか。すまない」

マリウスが詫《わ》びると彼は慌《あわ》てる。

「いえ、滅相もありません。知っていた方がよいのは事実ですから」

「領主なら信頼できる専門家を雇用すればいいのでは」

とアネットが言った。

「はい」

バルジェロはうなずいてから、

「ただ、誰が信頼できるのかを見極める為にも知識はあった方がよいのです」

と話してうつむく。

「その点、私は領主として未熟だと言えるでしょう」

彼の声は心なしか暗くなる。

「つまりこれから成長していけばいいわけだ」

とマリウスが言った。

もちろん彼なりに励ましたつもりである。

(自分の未熟さに悩むのは正直、よく分かるからな)

ましてミレーユの弟となると、年齢はアステリアからアネットくらいだろう。

いきなり領主としてうまくできるはずがないと思うのだ。

「……マリウス様が仰ると、希望にあふれているように感じるので不思議ですね」

ミレーユの弟は虚を突かれた顔で言った。

「それは錯覚だと思うけど」

マリウスは笑う。

同じ事を言っても発言者によって聞こえ方が違うという事を、彼はまだ自覚していなかった。

「は、はあ……」

バルジェロは納得しかねるという表情を浮かべたが、すぐに打ち消す。

「ところで、先に領主から領民に話をしておいた方がいいと思うんだが」

マリウスは彼の態度に気づかずに言う。

「そうだよね。いきなり雨を降らせるのはちょっとね」

とアネットが賛成する。

「私としてはどちらでも構いませんが」

ドラゴンは人間達の都合に合わせると応じた。

「ええ。今日皆様がいらっしゃる事は、責任者に通達していますし、これから実行すると言いましょう」

バルジェロはそう言った。

「話は決まりましたか？　それで責任者とやらはどこにいるのですか？」

とドラゴンが訊く。

「あのへんの家ですね」

バルジェロが指をさす。

「視覚を共有しようか？」

マリウスが善意で提案する。

「普通ドラゴンには補助魔法なんて弾かれてしまうのですが、マリウス様の魔法なら問題ないのでしょうね」

バルジェロが感嘆を込めて言った。

「マリウス殿なら、魔王ですら何とかしてしまいそうだ」

とドラゴンが答える。

アウラニースとの事は知らないようなのに、それでも魔王を引き合いに出すあたり、マリウスの規格外さを感じ取っているのだと分かった。

「まあ実際にやってますしね」

バルジェロがぼそっと言う。

「え、何だって？」

ドラゴンは聞こえなかったらしく、彼に尋ねる。

「いや、とりあえず右斜め前にゆっくり進んでもらえますか」

バルジェロは言い直さず、目的の農地の責任者の家がある場所を告げる。

「了解した」

ドラゴンは快く引き受けた。

ドラゴンはゆっくりと高度を下げながら、指示された方向へ進む。

周辺地域にいた農民達は、空から飛来する存在に気づいて視線を動かす。

「何だあれ？」

一人がドラゴンを指さして叫ぶ。

「でかい鳥……じゃないな」

「ま、まさか、ドラゴンじゃないか？」

老人が腰を抜かしそうになりながら言った。

「ドラゴンだって？」

「まさか、そんな」

農民達のざわめきが恐怖で大きくなる。

ドラゴンを自分の目で見た事はない者達が大半だが、魔人に匹敵する強さを持ち、時として大きな被害をもたらす災いとして、その存在は広く知られていた。

「まあ待つんだ」

そんな彼らに声をかけた中年男性こそ、農民達の代表とも言える男である。

彼は事前に領主から連絡を受けていたので、冷静さを保っていた。

「あれは恐らく領主様が仰っていた、日照り続きの現状を解決する為のモンスターだろう」

と彼は言う。

「何だって？」

「そう言えばそんな話があったな」

農民達は自分達が聞かされていた事を思い出す。

やがてドラゴンは、道に綺麗に着地を決め、マリウス達が背中から降り立った。

「バルジェロ様」

とミレーユの弟が呼びかけられる。

農民達も彼の顔は知っていたが、出しゃばらず様子を見守っている。

「ああ、クライン」

バルジェロは答えてからマリウス達を紹介した。

「こちらがマリウス様とアネット様だ。私達の力になってくださる」

「……はっ？」

クラインと呼ばれた男は目が点になる。

マリウスが内心首をかしげた。

(知らなかったのか？)

「ま、まさか、マリウス様もいらっしゃるとは」

クラインが慌《あわ》てただけではなく、農民達もざわめく。

「マリウス様って、魔王を倒してアステリア様と結婚した英雄の名前じゃなかったか？」

農民達は噂でしか彼らの事を知らないのだ。

マリウスとしては下手にかしこまった対応をされるより気楽でよかったが、バルジェロとしてはそうもいかない。

「お前達、さすがに無礼だぞ」

バルジェロは声を荒げるが、マリウスはそれを制止する。

「まあいい」

「ですが！」

マリウスに逆らうそぶりを見せた事がなかったバルジェロも、これは看過できないと食い下がった。

「先に水不足の問題を解決しよう」

とマリウスは提案する。

「……分かりました」

マリウスとアネットを引っ張り出した目的を優先すると言うなら、バルジェロは引き下がるしかない。

しぶしぶ彼が認めたので、マリウスがアネットに言う。

「じゃあアネット」

「ええ。よろしくね」

アネットが声をかけると、ドラゴンはうなずく。

「どこからどこまでに水が必要なのだ？」

「えっと、あっちからこっち。というか田畑全部なんだけど」

クラインは逃げ腰になりながらも説明する。

「承知した」

マリウス達に対する時とは違い、威厳のある態度で返事をしてドラゴンは空を舞う。

ドラゴンは鳥が飛んでいる高さまで来ると口を開き、水のブレスを吐く。

水のブレスは雨のように強く、地上に降り注ぐ。

「念の為【シールド】」

マリウスは覚えた防御魔法を発動させ、人間達を大量の水から守る。

「おお、ドラゴンのブレスが」

クライン達がマリウスの魔法に驚愕《きょうがく》した。

ドラゴンのブレスを寄せつけないというのは、それだけ衝撃的だった。

そんな中、ドラゴンのブレスは慈雨として降り注ぎ、離れた場所にいる農民達は歓喜の声を上げる。

「雨だ！」

「やっと雨だ！」

彼らの喜びを感じ取ってマリウスも嬉しくなる。

「ありがとう」